DOS SHERPAS

Charco Press Ltd.
Office 59, 44-46 Morningside Road,
Edimburgo, EH10 4BF, Escocia

Dos sherpas © Sebastián Martínez Daniell, 2018
© de esta edición, Charco Press, 2023

La matrícula del catálogo CIP para este libro se encuentra
disponible en la Biblioteca Británica.

ISBN: 9781913867430
e-book: 9781913867447

www.charcopress.com

Edición: Carolina Orloff
Revisión: Luciana Consiglio
Diseño de tapa: Pablo Font
Diseño de maqueta: Laura Jones

Sebastián Martínez Daniell

DOS SHERPAS

CHARCO PRESS

Mi oído está llorando.
Yo me bajo; ustedes también deberían bajar.
Nima Chhiring: ex sherpa, pastor de yaks.

Uno

Dos sherpas están asomados al abismo. Sus cabezas oteando el nadir. Los cuerpos estirados sobre las rocas, las manos tomadas del canto de un precipicio. Se diría que esperan algo. Pero sin ansiedad. Con un repertorio de gestos serenos que modulan entre la resignación y el escepticismo.

Dos

Uno de los sherpas se distrae un momento. Es joven, un adolescente casi. Sin embargo, ya hizo cumbre dos veces. La primera, a los quince años; la segunda hace pocos meses. El sherpa joven no quiere pasar su vida en la montaña. Está ahorrando para estudiar en el extranjero. En Dhaka, podría ser. O en Delhi. Estuvo haciendo averiguaciones para anotarse en Estadística. Pero ahora, mientras su mirada se concentra hasta vaciarse sobre la oquedad topográfica, se ilusiona con que su vocación sea la ingeniería naval. Le gustan los barcos. Nunca estuvo en uno: no le importa. Le fascina la flotación.

¿A quién no? ¿Quién no envidia a las medusas y su deriva sobre el piélago? Esa sensación de dejarse llevar. Ese despliegue fosforescente y sutil, sin vanidad; que las corrientes se ocupen del resto. Flotar. Desentenderse del curso de la historia: no cargar esa cruz. La amoralidad sin excesos y sin culpas. La ceguera y la bioluminiscencia. La electricidad tentacular que revela la penumbra del océano nocturno.

Tres

El otro sherpa caminó por primera vez las laderas del Everest cinco semanas después de cumplir los treinta y tres. Había llegado a Nepal seis años antes. Con buena tonicidad muscular pero sin conocimientos avanzados de montañismo. Alguna experiencia previa sí, aunque inorgánica, desarticulada, sin entrenamiento específico. Desde su bautismo como sherpa trató de alcanzar la cima cuatro veces. Ninguna de esas expediciones lo logró. No siempre por su culpa, debe decirse. Pero esta recurrente postergación explica de algún modo que su gesto se deslice ahora un grado más allá: del escepticismo hacia el fastidio. *Turistas…*, piensa el sherpa viejo, que no es viejo ni propiamente un sherpa. *Siempre hacen algo, ellos, los turistas*, piensa. Y entonces habla. Señala con un ademán ambiguo el vacío, la saliente donde yace tendido e inmóvil el cuerpo de un inglés, y dice:

—Ellos…

Y así rompe el silencio. Si es que puede llamarse *silencio* al ruido ensordecedor del viento pasando a través de los filos del Himalaya.

El pueblo del este

Quinientos años antes, un pueblo nómade que trashumaba la provincia de Sichuan, en el centro geográfico de China, inicia un lento proceso de migración hacia Poniente. En el destierro se transforman en parias: refugiados que encuentran su exilio en las montañas. Son bautizados por los locales según su origen cardinal. El pueblo (*pa*) del este (*shar*): sherpas.

Cinco

—Ellos… –dice el sherpa viejo.

Y en ese gesto, en ese mohín despectivo y también en su entonación, en ese modo astringente de sacarse de encima su única palabra, pueden captarse algunos rasgos idiosincráticos: su edad, que no es tanta; su experiencia, más bien escasa; pero también la aflicción, la inquina, la licencia emitida por el Ministerio de Cultura, Turismo y Aviación Civil, el permiso oficial para guiar extranjeros en el ascenso al monte más alto del orbe, el sello certificado en las oficinas de Katmandú, su aval burocrático.

Seis

El sherpa joven tenía cuatro años cuando murió su padre.

—Un accidente en el montacargas —le han explicado toda su vida—. En el depósito de la intendencia, cuando estaban subiendo las piezas del Caterpillar.

Ahora escucha que el viejo dice:

—Ellos…

Y, aunque no queda claro si es el destinatario de esa única palabra, enseguida asiente. Un gesto comprensivo, empático.

Siete

Si le preguntasen al sherpa viejo, si ahora mismo alguien se acercase al risco, lo interpelara y lo distrajese de su abstracción, si alguien desviase por un instante su foco de la piedra donde un inglés permanece inerte, si un espíritu curioso le tocara el hombro, lo obligara a voltear y le preguntara por la burocracia, el sherpa viejo respondería algo inesperado: diría que el burócrata es un hombre santo.

Versiones del budismo

Una de las hipótesis sobre la migración de los sherpas sostiene que fueron expulsados de las praderas de Sichuan por causas religiosas. Los sherpas eran budistas de la vertiente Mahayana, más secular y menos dogmática que la rama Theravada. Durante mil cuatrocientos años ambas escuelas convivieron en relativa armonía: compartían los monasterios y la lectura de los *sutras*. Pero en un punto del siglo xv, y en algún lugar de China, las facciones se radicalizaron. Los budistas Mahayana creían que era posible democratizar el Nirvana. Que cualquiera podía acceder al estado de iluminación. Como la doctrina zen, que le debe gran parte de su andamiaje cosmológico, el Mahayana interpretaba el budismo como un método antes que como un culto. En cambio, los seguidores del Theravada tenían una idea más restrictiva del camino: hacía falta una vida monástica, una ascesis absoluta y una dedicación monomaníaca a los preceptos de Siddharta Gautama para completar la vía. La sabiduría, entonces, para los Theravada, en manos de una casta religiosa, excluyente y vertical. Sin lugar para los no iniciados. En consecuencia, y también en resumen, los Mahayana fueron aislados en los monasterios y excluidos de la sociedad. Marginados en Sichuan, empezaron a desplazarse hacia el oeste, a las montañas, hacia el Himalaya.

Nueve

¿El burócrata? Un conservador, sí, como cualquier canonizado. Un retardatario. Eso diría el sherpa viejo. Y al mismo tiempo un hombre santo. Un guardián, el custodio del Grial, un José de Arimatea eternizado en su cripta de leyes, edictos y enmiendas, disposiciones y protocolos estandarizados según normas arbitrarias: ahí radica su valor. Esa es la clave, apuntaría el sherpa viejo. La arbitrariedad.

Han empujado al burócrata hacia el pozo húmedo del desprestigio, diría. Lo han sometido a la idea –ya difundida de modo irreversible– que describe a la burocracia como un dispositivo medio humano, medio anónimo, enteramente impersonal, cuya misión es entorpecer la vida de las almas libres. Un Leviatán tortuoso que se complace en aplastar al ciudadano-insecto. Y el impávido ciudadano o el alelado insecto son piezas de cristal, delicadas, frágiles y sobre todo sensibles, muy sensibles, que terminan siendo trituradas por los engranajes de una urdimbre todopoderosa.

Tenemos que entender, diría el sherpa viejo después –con mayor calma–, que detrás del burócrata hay algo sustancial e inasible: algo que ora le presta cobijo a los mendicantes de los caminos, los alimenta y los abriga; ora se transmuta en una maquinaria temible, una criatura de garras ferales que esparce pestes, conflagraciones y magnicidios. Un momento representa el más refinado pináculo de la ingeniería gregaria, el más apolíneo mecanismo de regulación social, y al rato es un homúnculo que se arrastra derramando por la boca pus propio y sangre ajena sobre los últimos restos masacrados de autonomía.

Por suerte, nadie se le acerca, nadie le pregunta sobre la burocracia, nadie lo distrae de la contemplación de ese cuerpo británico que yace ocho o diez metros más abajo; la cabeza orientada hacia el oeste, las piernas de forma prioritaria hacia el sur, pero más bien hacia todas partes.

Diez

«Primera escena. Roma, una calle. Los personajes: Flavio, Marulo, una turba de ciudadanos. Ya queda establecida una primera escisión. De un lado, dos tribunos, dos funcionarios beneficiados por el sistema de clases del imperio. Vestidos con elegancia, suponemos; con miradas altivas. Del otro, personajes anónimos: "ciudadano primero", "ciudadano segundo", presos de una nomenclatura sin mucha especificidad. En algunas versiones mencionados por su profesión, pero nunca un nombre propio. Hay más. Los dos tribunos están contrariados. En cambio, la plebe festeja. Ya sabemos todo eso y todavía no abrieron la boca.

Flavio quiebra el encantamiento. Mira a la turba y dice: "*Hence!*". Es decir: "¡Fuera!, ¡largo!, ¡váyanse!". El tribuno ordena, los ciudadanos escuchan. Flavio dice más: "*Home, you idle creatures, get you home!*". Quiere que los ciudadanos vuelvan a sus casas, les enrostra su vagancia, les recuerda que está prohibido circular por la calle sin la identificación de sus gremios. "¿Es hoy un día festivo?", les pregunta. No espera la respuesta: "Es día laborable", se contesta él mismo.

Y ahí ya tenemos a nuestro Flavio delineado: elitista,

autoritario, preceptivo. ¿Por qué? ¿Por qué siente tanta impunidad? ¿Quién se piensa que es para hablarle así a la plebe? ¿Cómo se atreve a expulsar a los ciudadanos de las calles de Roma?».

Once

Un día, otro día —abril, prolegómenos de la temporada alta—, la avalancha: catorce mil toneladas de hielo; dieciséis muertos. Todos sherpas.

Doce

Las actividades extracurriculares en las escuelas secundarias del poblado de Namche, al pie del Everest, empiezan en octubre, pocas semanas después del inicio del ciclo lectivo regular. De modo que el sherpa joven viene cursando desde hace siete meses y medio el taller de teatro. Aunque —siendo estrictos— habría que restarle a ese calendario los veintiún días que lleva en esta expedición y otras cinco semanas de un ascenso anterior. Debe entenderse que las licencias por escalamiento son un fenómeno habitual en el régimen escolar nepalí: el Ministerio de Educación imprime periódicamente cuadernillos para que puedan ponerse al día aquellos alumnos que se ganan el sustento como guías de montaña. Ese no es el problema del sherpa joven. Tiene sobrados méritos académicos para solventar sin inconvenientes el plan de estudios. Su preocupación es otra: el objetivo anual del taller de teatro.

Quizá presuntuoso, quizá desmedido, el plan es mostrar sobre las tablas una versión de *Julio César* en la tercera semana de junio. La obra original, escrita por Shakespeare tal vez en el último año del siglo xvi, requiere la intervención de unas cuatro decenas de intérpretes. Más humildemente, la profesora de teatro del colegio público de Namche improvisó una adaptación que pudiera ser montada con los escasos recursos humanos disponibles: los diecisiete alumnos del taller. Las soluciones que encontró la docente son en parte dramatúrgicas y en parte demográficas. Por un lado, los diálogos de varios personajes fueron absorbidos por otros. Por otra parte, casi todos los actores deben representar más de un papel a lo largo de la obra.

Memorizar las líneas de dos e incluso tres personajes diferentes no es poca cosa para un adolescente con un adiestramiento actoral básico. Pero han sido benévolos con el sherpa joven. Al ser el estudiante más nuevo del curso y el único que debe enfrentar el debut escénico, le ha tocado en suerte un rol sencillo: Flavio, un personaje menos que secundario que participa sólo de una escena. Hay, sin embargo, un detalle. Esa única intervención ocurre durante la apertura del primer acto. El momento en que se descorre el telón y, en la oscuridad, el público se sume en el más ominoso de los silencios.

Desvelarse

¿De dónde salió el sherpa viejo? ¿Cuál es su origen? ¿Qué hace ahí, asomado al vacío, en medio de una montaña tan lejana? Eso se pregunta el sherpa joven mientras lo mira, reconcentrado en la contemplación de un inglés, allá abajo. El sherpa joven sí sabe de dónde viene. De su casa, de Namche, muy cerca. Él sí cree que puede hacer un repaso exhaustivo de su genealogía y de su trayectoria.

Por ejemplo, aquel penúltimo día del invierno: 19 de marzo, lunes de infancia. Se inició con una anomalía. El sherpa joven −cinco años, pura potencia− se despertó antes de que amaneciera sobre la cordillera. Se desveló. No era preocupación. Tampoco una pesadilla. Sólo el impulso del cuerpo que ya quería abandonar la horizontalidad, despabilarse, sintetizar hidratos de carbono. Se quedó un rato con los ojos abiertos mirando los contornos grises de la nocturnidad, la silueta de su hermana abandonada en la colchoneta de al lado. Eso lo colmó de sosiego pero no de sueño. Se sentó, los brazos extendidos detrás de la espalda, las manos apoyadas contra la sábana. Permaneció unos minutos así, evaluando opciones. Al final se levantó y caminó en silencio hasta la ventana. Corrió apenas la

cortina: un fragmento del cielo, un poste de luz amarillenta, insectos que peleaban por seducir al alumbrado
público. La situación era novedosa y ambigua. Por un lado,
una levísima excitación, la proeza de ser la única persona
despierta de la casa, o en todo Namche, podría decirse.
Una sensación reiterada en la niñez: el ser excepcional.
El ungido, esa figura de la que tanto abusan las narra-
tivas míticas y las comerciales. Por eso el sherpa joven,
sus cinco años reconcentrados, miró el horizonte roto
de la montaña para desalentar la salida del sol y se sintió
importante. Aunque, al mismo tiempo, también una vaga
angustia, un sentido de desprotección. Ansias de terminar
con esa épica dislocada y correr hasta el colchón grande
de la madre. Edredón, inmadurez. Regresar a un estadio
anterior, menos autónomo, más confortable. Dejarse
llevar por el calor disipado en torno al cuerpo materno,
aprovecharse de su somnolencia. Quizás si hubiese hecho
un poco más de frío, o si él hubiese tenido un par de años
menos… No cedió a la tentación: siempre fue un niño
pragmático el sherpa joven. Aún lo es. Volvió a mirar por
la ventana. Pasó un murciélago, uno pequeño. Bostezó.
Escuchó ruidos. Era su madre que se levantaba, los pasos, la
puerta del baño, la cadena. El sherpa joven fue dominado
por una culpa sin causa: no había hecho nada malo. Sólo
desvelarse. Pero sintió que había sido descubierto. Corrió
descalzo hasta su propia colchoneta y se acostó cuando la
madre salía del baño. Se quedó quieto. La cara contra la
almohada, los sentidos alerta. La respiración como único
desprendimiento; respirar: emanación inevitable, rítmica.
Se hizo el dormido. Imaginó que estaba durmiendo.
Hasta que se durmió.

Catorce

El viejo calla su cavilación. *Ellos… Nos llaman "sherpas",* piensa y levanta el mentón. *Son educados acá arriba. Nos sonríen y nos dicen "sherpas". Eso nos otorga cierta distinción, nos reconoce algún grado de experticia…*

Ahora escupe con fuerza el sherpa viejo, y la saliva se deja llevar por el viento, desciende rápida, cae sobre la nieve, lejos. Aunque las distancias son difíciles de estimar en la montaña. La falta de referencias, el plano abstracto de un cielo sin nubes, la ausencia de movimiento.

… Nos dicen sherpas acá arriba, piensa el sherpa viejo: *pero cuando están en sus casas, sin zapatos, deslizándose con sus pantuflas de lana sobre el parquet… cuando tienen la calefacción central encendida, el termostato en su gradación exacta, la comida en el horno, el cuerpo atravesado por microondas de alta frecuencia…* Se detiene en este punto el viejo para componer un departamento de techos generosos y pinotea lustrada, ventanales cortinados, un equipo de alta fidelidad cuyo volumen no molesta a los vecinos pero cubre el ambiente. ¿Qué suena? ¿Satie, Gurdjieff? Al principio, se le ocurre eso. Pero no quiere ir tan lejos, no tanto. Jazz podría ser, aunque sería un poco amplio. Necesita otra cosa… *World music,* ¡eso suena! Percusión

senegalesa o, en el colmo del gesto irónico, una letanía de monjes tibetanos. Mantras religiosos de la montaña digitalizados, ausente ya el rango dinámico y, en el camino, también todo misticismo. Un extravío sofisticado. No necesita recurrir a la iconografía del nuevo rico. No imagina terrazas abiertas al aire cálido de Malibú ni vejámenes en las mansiones de San Petersburgo.

No: el sherpa viejo esquiva la tentación de la caricatura. Visualiza un departamento amplio, paredes blancas, reproducciones de Turner colgadas de las paredes, sillones de respaldos altos. Europa, claro. Nunca la plebeya América, ni la expoliada África. No el capital asiático, que tiene tantas ramificaciones como raíces hundidas en la tierra. Los ventanales, la pinotea, Turner, ¡el sonido gutural del Tíbet!: estamos en Europa, qué duda cabe.

Quince

Existe una segunda explicación histórica sobre la migración de los sherpas. Hay quien cree que salieron de Sichuan en busca de oportunidades laborales. Abandonaron el pastoreo y persiguieron la ruta de la sal y de la seda. El derrotero del comercio europeo, la estela de la avidez mercantil de Occidente, que lucraba poniendo especias en las cocinas de los palacios renacentistas. Según esta otra hipótesis, el pueblo sherpa nace al calor de la revolución antropocéntrica de Durero, Petrarca y Francis Bacon. Hijo entonces de la burguesía temprana, el sherpa se reinventa como medio de transporte, como flete de bienes transables.

Galgos afganos, gatos de Ankara

Piensa el sherpa viejo: *Cuando están en sus salas europeas liberando los vapores leves de su copa de coñac, cuando peinan a sus galgos afganos, cuando acarician a sus gatos de Ankara… Es ahí que dejamos de ser sherpas y pasamos a ser "porteadores". ¡Porteadores!…*

Hace una pausa para darle espacio a la delectación del resentimiento, para fijar el sonido de la palabra en el oído interno. *Así nos dicen cuando no estamos: "porteadores".* E insiste: *animales de carga. Tan necesarios y a la vez tan reemplazables como una pica, un arnés o una soga.*

Diecisiete

Es temprano en la montaña. Los dos sherpas bajan la mirada hacia el inglés. Los tres cuerpos vuelven a quedar quietos. Pasa el tiempo. Es difícil precisar cuánto. Y cómo. El sherpa joven se distrae de nuevo: *Ingeniería naval, ¿por qué no?* Le parece una buena idea. Es rápido con los cálculos. Sus profesores le han dicho que es muy rápido con los cálculos. Hace una cuenta sumaria: termina el secundario en un año; después empieza sus estudios en Delhi, o en Dhaka, o en el Instituto de Tecnología de Bombay; recibe el diploma cuatro años más tarde; cursa un posgrado, una especialización en Londres, o en Tokio. A los veintiséis podría estar trabajando en algún puerto del Índico. O en el Mar de China. Incluso en Europa. Es bueno con el inglés. Y con el francés también. Tiene un don para los idiomas, le han dicho sus profesores. *Ingeniería naval... Podría trabajar en el puerto de Lisboa*, piensa. No sabe una palabra de portugués: no le importa. Lisboa: la imagina abierta, lanzada al estuario del Tajo, salvaje, exótica...

Dieciocho

«Pero Flavio no sólo quiere expulsar a los ciudadanos de Roma de las calles. Quiere entender por qué lo está haciendo. Interpela, entonces, a uno de los artesanos: "¿Cuál es tu oficio?". "Carpintero", le contesta. Marulo, el otro tribuno, más limitado, se suma al hostigamiento. "¿Dónde está tu mandil de cuero y tu escuadra?", reprende al carpintero. Marulo encara a otro: "¿Cuál es tu oficio?". Pero ya no es tan simple. Este segundo ciudadano responde con evasivas. No termina de aclarar su ocupación. Apenas da a entender que es un reparador, alguien que arregla cosas. Siembra algunas palabras clave, sí: *suelas, remendar.* Sin embargo, Marulo no quiere entender, se niega; no está para hermenéuticas, ni siquiera las más sencillas. Se enoja, le exige que hable claro. Pero el hombre no se deja intimidar. Se lo toma con calma, incluso con humor: le dice al tribuno que no se descomponga, aunque –llegado el caso– él podría componerlo de nuevo.

Hay una distancia anímica entonces (trastorno *versus* alegría) que amenaza con transformarse en discrepancia en el lenguaje (literalidad *versus* obliteración lúdica). Pero en ese momento el Estado encuentra el atajo: Flavio, tu

Flavio, nuestro Flavio. Más flemático, menos agresivo, nuestro tribuno entiende todo: "¿Zapatero remendón?", pregunta. Exacto, desciframiento completo. Entonces, avanza. "¿Qué estás haciendo en la calle?, ¿por qué no estás en tu taller?", cuestiona. "Estoy esperando a que las suelas de los ciudadanos se gasten", le responde el zapatero. Vuelve a primar el interés, la rentabilidad. Los ciudadanos mutan en comerciantes lanzados a la prosecución del lucro. Por un instante, el gesto de Flavio se dulcifica y el camino parece despejado para que el diálogo fluya.

Pero es apenas un esbozo, una imperceptible relajación de los músculos de la frente. Porque de inmediato el zapatero confiesa: "A decir verdad, señor, celebramos un nuevo triunfo de Julio César, que está entrando victorioso a la ciudad". El pueblo festeja a su César. Los tribunos no. Los tribunos lo desprecian. Todavía veneran a Pompeyo, el líder asesinado. Más distancia ahora. "¿Siembran de flores el paso de quien viene en triunfo sobre la sangre de Pompeyo?", les recrimina Marulo a los ciudadanos su nueva lealtad.

Hasta ese punto todo marcha dentro de lo previsible. Pero luego, de un modo por completo inverosímil, Marulo y Flavio convencen a los artesanos de que vuelvan a sus casas, que pidan perdón a los dioses, que viertan lágrimas en el Tíber por Pompeyo y que abjuren de la causa de Julio. Y estos ("conmovido su duro temple", al decir de Flavio) se marchan. Despejan la calle».

Diecinueve

El sherpa viejo interrumpe otra vez el silencio. Señala el abismo y al inglés que lo decora.

—¿Por qué no hace algo ahora? Que grite por lo menos.

El sherpa viejo quiere que el inglés grite, que se levante, que aborde un avión, que se malquiste con el cuerpo de azafatas… Cualquier cosa que lo obligue a abandonar su actitud mineral. Pero no es posible. Lo suyo es quedarse británicamente tendido sobre la montaña. Abstraerse del desasosiego y su séquito de respiraciones bajas, de miradas perdidas y autocomplacencia. Al sherpa le gustaría que, al menos, llueva. Con fuerza. Gotas grandes. Que se inunden las veredas de las ciudades, que desborden las bocas de tormenta y sean insuficientes los ductos pluviales en su traza subterránea.

El sherpa joven escucha al viejo desesperarse por la falta de reacción del inglés y asiente. Hunde la mirada en la transparencia obscena del aire sin oxígeno y asiente.

Le hubiese gustado comentarle al viejo sus ideas sobre la ingeniería naval. Pedirle su juicio, encontrar aceptación, sentir su entusiasmo retroalimentado. Pero sabe que es difícil con el sherpa viejo. Recuerda cuando le comentó que quería estudiar Historia del Derecho. El viejo no lo tomó nada bien. La mayor parte de lo que dijo fue ininteligible. Ahora teme —o más bien recela— que ocurra algo similar. Teme —o recela— que el sherpa viejo le diga que un chico criado entre las montañas nunca podría establecer una relación intuitiva con el mar. Que esa falencia le causaría enormes dificultades a la hora de diseñar barcos, submarinos, plataformas petroleras o lo que sea que hagan los ingenieros navales. Recela —o teme— que el viejo grite. Que diga: "Es un capricho estúpido". Que se burle: "Un muchacho que nunca en su vida puso sus pies fuera de Nepal pretende lanzarse a una carrera en el océano…". Que remate: "El día de tu nacimiento, el mar te impuso una orden de restricción de setecientos kilómetros. ¿Cómo se te ocurre que es el dichoso océano? Yo sí lo conozco. Y te aseguro que no es como te imaginás". Todo eso le podría decir el viejo. Y, puesto a elegir, el sherpa joven prefiere evitar una escena.

Por eso reserva para sí sus ideas sobre la opción vocacional. Decide, en cambio, callar y asentir. Dejar que actúe el silencio. Si es que se puede llamar *silencio* al ruido atronador del viento atravesando los filos del Himalaya.

Y no es que le falten argumentos. Ahora mismo, en una discusión asordinada e hipotética contra las objeciones de su compañero, piensa que ha visto el océano infinidad de veces. En televisión, para empezar. Y en la Red, por supuesto. Y en fotos, desde que era muy chico, en la escuela. Lo ha visto desde todos los ángulos posibles: desde la mortecina imagen de los atardeceres sobre el Pacífico hasta las expediciones de batiscafos en las fosas de las Marianas. Es prácticamente un experto en el océano, cree ahora el sherpa joven. Y ese pensamiento, sumado a esa muestra de mesura, a ese control sobre lo que calla y lo que no dice, le infunde ánimo, una nueva confianza en sí mismo. Un impulso que lo lleva a tocar el hombro del viejo y a decirle algo, otra cosa, nueva, sin relación con el inglés ni la ingeniería naval. Se incorpora sobre las rodillas y pregunta:

—¿Nos levantamos?

Sombrillas

Del padre del sherpa joven quedan las fotos. Todas las que su madre atesora en una caja de botas térmicas, archivadas arriba del ropero, y las tres que están enmarcadas y expuestas a la vista de todos.

En una de estas últimas, sus padres están en las playas de Digha. La luna de miel. De fondo, sombrillas de colores, gente acostada sobre la arena. Multitudes. Más allá, el mar, el horizonte con nubes. Hay algo en la disposición de los cuerpos que sugiere que su madre y su padre apenas se conocían cuando la foto fue tomada. Que habían pasado pocos meses desde la primera vez que hablaron en los pasillos de la intendencia de Namche: él como operario de la Dirección de Rutas y Caminos; ella desde el mostrador de Información Turística. El sherpa joven, claro, no había nacido el día en que esa foto fue tomada. Su hermana mayor tampoco. Esas ausencias lo inquietan.

Veintiuno

—Sí —responde el sherpa viejo y mira hacia abajo: el cuerpo del inglés sigue ahí, inmóvil. ¿Cuánto tiempo?, ¿cuántos minutos desde que el inglés resbala, pierde el equilibrio y, en lugar de dejarse caer manso contra el suelo, mueve los brazos como si fuese una cigüeña en celo, intenta conservar la vertical y, tentado por el vacío, se desploma tres, siete, once metros hasta una saliente? ¿Cuánto pasó? El sherpa viejo calcula que unos diez minutos. No más. Debería haber mirado el reloj en el momento mismo de la caída. Pero, en la confusión, el tiempo pasó a un plano secundario, accesorio. Fue un evento plenamente espacial, un instante euclidiano.

Es bueno contar con la extensión mientras se ejecutan pogromos de la otredad en nuestro vasto reino de silicio. El sherpa viejo se levanta, la rodilla izquierda se queja.

Veintidós

Ya instalados en la región del Tíbet y Nepal, la etnia sherpa empieza a intimar con la montaña. La explora, la recorre, la subvierte. Sus hábitos van cambiando. Abandonan la naturaleza bucólica, y se hacen uno con las laderas escarpadas de los montes. Incluso desarticulan la sobriedad original del budismo y avanzan hacia una nueva versión teocrática del universo: más barroca, colorida, más fantasiosa. Pueblan su religión de deidades locales y variaciones chamánicas. Al monte Everest, por ejemplo, lo llaman –contra toda intuición falocrática– "la madre del mundo". La giganta. Es en estos primeros siglos de ocupación de los territorios del Himalaya que los sherpas desarrollan una habilidad fisiológica para comunicarse con el resplandor de los minerales. La montaña, desde entonces, les advierte sobre los peligros inminentes. Estas premoniciones se experimentan como un zumbido agudo que aparece, inexplicable, sobre la cordillera. Le llaman *kan runu*, el "oído que llora".

No es, también debe decirse, un sistema infalible. Ninguno de los dos sherpas, ni el joven ni el viejo, percibieron zumbido alguno en el momento crucial en que un inglés trastabilló sobre el borde de la montaña y, sin mediar paliativo, se despeñó contra un risco donde, todavía ahora, yace su cuerpo ambiguo, descoyuntado pero presente, a la espera de que la situación se defina rodeado de silencio. Si es que puede llamarse *silencio* al silbido estruendoso y monocorde de innúmeras ráfagas de aire cortando las altas cumbres del Himalaya.

Un silencio, en definitiva, similar al que tendrá que escuchar el sherpa joven dentro de un mes, cuando salga al escenario por primera vez y, frente a la oscuridad de la platea, deba que pronunciar bajo coerción la línea inicial de *Julio César*:

—¡Fuera, lárguense! ¡Vuelvan a sus casas, gente ociosa!

Derretimiento

Pocas nubes en el cielo. Y una troposfera ya débil que tiende a la consunción. Domina el sol sobre la ladera del Everest, entonces, y el mandato de sus radiaciones. Algo de la nieve se extenúa y crea una epidermis líquida sobre la montaña. Los dos sherpas tienen naturalizado ese derretimiento: es la hora. (Y su vista sigue fija en el cuerpo pasivo del inglés.) Pero, visto a otra distancia, el deshielo no por cotidiano es menos virulento: la energía inaprensible, el frenesí de las moléculas, la degradación de las alianzas atómicas vencidas por el calor...

El pantalón del sherpa joven se moja en la rodilla que tiene hincada sobre el suelo y en ese momento le dice a su compañero:

—¿Nos levantamos?

Veinticuatro

En 1909, el pensilvano Robert Peary asegura ante el mundo que ha logrado llegar al Polo Norte. Una afirmación incomprobable, seguramente mendaz, pero que —en su momento— es tomada muy en serio. De hecho, es la noticia que lleva a Roald Amundsen a cancelar una serie de complejos planes que lo conducían hacia el Ártico y anunciar que el Polo Sur será la meta de su próxima expedición. El 14 de diciembre de 1911, entonces, Amundsen clava la bandera azul y roja de su patria en el punto más austral del planeta, ahí donde se cruzan todos los meridianos. Un estadounidense en el norte; un noruego en la Antártida.

¿E Inglaterra? Nada. O peor que nada: la epopeya trágica de Robert Scott, que llega al Polo Sur cinco semanas tarde y después muere congelado con otros cuatro ingleses en medio de la nulidad antártica. "Estas ásperas notas y nuestros cadáveres deberán contar la historia", escribe Scott en la última entrada de su bitácora. Es como si el dios anglicano hubiese abandonado las islas con la muerte de la reina Victoria.

Al menos hasta que el aristócrata Francis Younghusband proclama que aún queda una porción del mundo para desvirgar con el pabellón del imperio: el Monte Everest debe ser el enésimo hogar de la *Union Jack*. El asunto se transforma en cuestión de Estado. En 1921 parte una primera expedición. El montañista George Mallory es miembro del equipo. Estudian el terreno, anotan las dificultades, deciden volver y prepararse mejor. Al año siguiente hacen un segundo intento. Un grupo llega hasta los ocho mil trescientos metros. Está por comenzar la temporada de monzones. Cae un alud. Durante algunas horas reina el caos. El grupo expedicionario envía un breve mensaje al Campamento Base para tranquilizar a sus compañeros: "*All the whites are safe*", dice. Siete sherpas mueren sepultados por la nieve.

Pasan noventa y tres años: 18 de abril de 2014, entonces. Otra avalancha. Catorce mil toneladas de hielo; dieciséis muertos. Todos sherpas también.

Veinticinco

El sherpa viejo está incómodo. Resulta comprensible: es, por lejos, el mayor de la expedición y sin embargo no es el más experimentado. El chico que estira las piernas a su derecha conoce la montaña mucho mejor, ha participado de más ascensos y, por si hiciera falta, ya hizo cumbre dos veces. Si todo anduviese bien, no habría dilemas. Pero ante una situación de crisis, ¿quién debería tener la última palabra? ¿El montañista de mayor trayectoria o aquel que lleva más tiempo sobre el planeta? ¿Algunos años más en el Himalaya le otorgan al sherpa joven una autoridad superior para zanjar una disyuntiva? Por lo pronto, el sherpa viejo toma en cuenta la sugerencia de su colega.

—Sí —dice y se pone de pie. Sus rodilla izquierda suena.

Y ahora que lo mira a una misma altitud, el sistema circulatorio readaptando su flujo para corresponder a una nueva postura corporal, su percepción cambia. Ya no hay recelos profesionales ni competencia. Lo único que ve es a un joven responsable, prometedor: un compañero, un buen chico. Decir que lo quiere como a un hijo sería una imbecilidad. El sherpa viejo ignora los misterios de la filiación. Pero reconoce debajo del pasamontañas una afinidad, un afecto, incluso algún grado de compromiso. Un vínculo, sí, un lazo que podría extenderse o profundizarse, o ambas cosas.

Lamparitas

Periódicamente, después de cenar, la madre del sherpa joven anuncia que es hora de hacer las cuentas. Cada mes se repite el rito contable de repasar los números ingresados y las inevitables erogaciones. Los meses pares le toca ayudar a la hermana. Marzo es territorio del sherpa joven. Lo es ahora y lo era entonces, cuando él tenía nueve años y talento algebraico.

Así que la mamá se ponía los lentes y él se aferraba a la calculadora. La madre le pasaba el cuaderno, lomo espiralado de animal precámbrico, y él le sacaba punta al lápiz con una hojita de afeitar que guardaban en el botiquín del baño desde la caída del Caterpillar. Después escuchaba, anotaba y sumaba, agregaba y restaba, confiando en el grafito que atropellaba la hoja como manada de bisontes.

–Hay que gastar menos de luz –amonestaba la madre–: Yo no entiendo cómo nos llega tanto de luz si se nos queman las lámparas todo el tiempo.

Nadie le contestaba; daban por hecho que debía tener razón; quién entiende, después de todo, el desglose de las facturas de servicios impresas en Katmandú que el correo deja de forma esporádica e imprevisible al lado de la puerta.

Agotado el ejercicio contable, el sherpa joven metía todas las facturas en una carpeta verde musgo, y la carpeta junto al cuaderno en un cajón de la cómoda. Preguntaba si podía llevarse a la escuela ese mismo lápiz que todavía tenía en la mano porque el que estaba en la cartuchera ya era muy corto, se había ido gastando y ahora se le juntaban todos los dedos cerca de la punta, la caligrafía sufría. La madre asentía, ya medio dormida, así que el sherpa joven revolvía la mochila hasta que daba con la cartuchera y ponía el lápiz nuevo al lado del consumido. Por las dudas no se desprendía del viejo: quién sabe, la vida escolar funciona por acumulación de imponderables.

—¿No está muy pesada esa mochila, hijo? —se levantaba de la silla la madre: le preocupaba una eventual deformidad cervical del sherpa joven.

—Pero la tengo que llevar; tengo todo ahí.

—Te vas a quedar jorobadito —la advertencia ya desganada, más protocolar que programática.

—No, mamá. Eso es porque mi colchón es muy blando —repetía el sherpa joven algo que le había dicho su hermana mayor.

—Bueno, bañate —le decía la madre, se metía en la habitación y se ponía un camisón celeste.

—Sí —respondía el sherpa joven e iba al baño, abría la ducha, más bien un chorro desvaído y tibio, sin digresiones ni expansiones cónicas, que caía pesado sobre los cerámicos del piso. Algo que tenía que ver con la presión, o con la falta de presión, el malfuncionamiento de la ducha. Un baño hipotenso. Primero se lavaba el pelo, sin demasiada eficacia. Se enjabonaba el cuerpo y trataba de no hacer ruido. Pese a todo, el agua estaba tibia y no daban ganas de salir.

Por eso el sherpa joven demoraba el baño a la luz del filamento de una lamparita que iba a ser la próxima en quemarse. Una de las tareas domésticas que tenía asignadas desde su primera infancia era cambiar las lamparitas. Y ordenar los platos que su madre lavaba después de la cena. La tarea escolar quedaba siempre para el final. La hacía directamente sobre el colchón, con la luz del alumbrado público que entraba por la ventana por única iluminación. Pero no había llegado a esa parte del día aún. Por ahora, se duchaba. El paisaje del baño combinaba con su estado de ánimo: tundra lunar entre destellos de quasares.

Liquen

En la montaña, las opciones del reino vegetal son acotadas. La falta de oxígeno impone restricciones inapelables. Sólo el liquen acompaña al montañista, lo anima a lamer la roca, a comulgar con el postulado maximalista que sostiene que la vida es más que la nada. En su doble andamiaje de hongo y alga, Jano bifronte del orden botánico, alianza efectiva contra lo estéril, el liquen coloniza, reina en las altas cumbres. Pero es un rey sin súbditos: tiene soberanía, tiene territorio, pero su dominio se diluye en la vastedad de la abstracción mineral. Hay microorganismos, desde ya. Pero no hay mérito en someter a quien no puede derrocarnos. Dicen que hay líquenes que perviven aun suspendidos en el vacío cósmico. No hay por qué descreer. Pero el liquen quiere otra cosa. Su vanagloria no es la resiliencia ante la hostilidad, sino el expansionismo, el deseo imperial.

Lo mismo puede decirse de los montañistas. ¿Qué propósito podría tener abismarse en un ascenso antinatural hacia la cumbre irrespirable del Himalaya? ¿Qué sentido, agotar las capacidades, distraerse, tambalear y precipitarse ocho, once, doce metros para estrellarse contra una saliente? No es autosuperación, como ellos se excusan. Todo lo contrario, superarse sería prescindir de los objetivos. Lo que buscan es ilusión de sojuzgamiento. Egomaníacos, ingenuos —y en especial aquellos que caen bajo el influjo plusmarquista del Everest—, ansían el dominio de lo vacuo. Y fracasan. Abandonen o hagan cumbre, todo el tiempo fracasan.

En cambio, el sherpa es Zaratustra. Para él lo importante comienza cuando baja de la montaña. Lleno de rabia y sin rastro de misericordia. Como el filólogo alemán, sabe que si se mira el abismo durante mucho tiempo, el abismo también mirará adentro suyo.

Veintiocho

Es un instante de introspección; los dos sherpas desentumeciendo las articulaciones: el más joven con una torsión del cuello para alejar eventuales contracturas, el otro con la vista sobre su colega, con un dejo de nostalgia precognitiva, como asumiendo una despedida, una bifurcación en sus devenires, que aún es remota, pero también irrevocable. Ninguno habla.

Pendientes

El sherpa joven es un buen alumno, ya queda claro. Un adolescente despierto, curioso. Quizá no del todo aplicado, quizá no un fanático de las obligaciones curriculares, pero sí un alumno sin mayores obstáculos en su tránsito académico. Por encima de la media, se podría decir. Tal vez no el más destacado de su camada. Aunque indudablemente alguien que supera con holgura la inmensa mayoría de los exámenes, trabajos prácticos y demás cazabobos de la vida estudiantil. De hecho, mientras contempla, ahora de pie, la figura estática del inglés despatarrado sobre un risco pardo del Himalaya, aprovecha para repasar callado la lista de tareas pendientes que deberá presentar a sus profesores cuando baje de la montaña. Y piensa por un momento en su hermana, que debe estar en casa. Y en su padre, ya muerto. También en su madre, que a esa hora debe estar atrás del mostrador de Atención al Turista, cumpliendo el horario que le impone la intendencia del poblado de Namche.

Treinta

«Flavio, entonces, camina con Marulo por las calles de Roma. ¿Son iguales? Nominalmente, podría decirse que sí: dos tribunos, dos seguidores de Pompeyo, dos opositores a Julio César. Pero luego se abre un abismo. Ahí donde Marulo es impulsivo, falto de tacto, constreñido en su comprensión, nuestro Flavio es sagaz, eficiente. Menos carismático tal vez, pero más ejecutivo. Caminan, decíamos, por las calles de Roma. Se encuentran con una turba de ciudadanos que celebra el regreso del César. La amonestan, le echan en cara su entusiasmo: "¡Regocijarse! ¿De qué?", les pregunta Marulo a los romanos de a pie. Entonces, los acusa de traidores o, más bien, de tránsfugas: "¿No conocieron a Pompeyo? ¡Cuántas veces treparon muros y almenas, torres, ventanas y hasta la punta de las chimeneas, con sus niños en brazos, y esperaron ahí todo el largo día en paciente expectación para ver desfilar al gran Pompeyo por las calles de Roma!". Esto lo dice Marulo mientras Flavio calla. Y es relevante porque el doblez moral se impone sobre las formas en este fragmento. Marulo reconoce ahí que lo cuestionable no es tanto que los ciudadanos salgan a las calles a festejar el triunfo del líder de Roma en un día laborable y sin las insignias de su oficio. Lo malo es que lo hagan por Julio. Cuando lo hacían por Pompeyo era perfectamente aceptable, una veneración merecida. Hay que recordar, joven actor, que entre Plutarco y Shakespeare la historia ya se había encargado de poner a Pompeyo en el pedestal de las formas bellas. Pompeyo, lo apolíneo; Julio, lo dionisíaco. Pompeyo, la prudencia; Julio, la desmesura. O, como les dice Marulo a los ciudadanos cesaristas: "Acaso cuando veían a Pompeyo aparecer en su carruaje, ¿no prorrumpían en una aclamación tan estruendosa que temblaba el Tíber bajo sus bordes al escuchar el eco de los clamores en sus cóncavas márgenes?". Marulo se conmueve al recordar esos días. Quizá nuestro Flavio no se habría puesto tan emocional. Pero su compañero está hecho de material inflamable. Marulo lanza su ataque final contra la turba: "¿Y ahora siembran de flores el paso del que viene en triunfo sobre la sangre de Pompeyo? ¡Váyanse! ¡Corran a sus casas, doblen sus rodillas y supliquen a los dioses que suspendan el castigo que esta ingratitud forzosamente conlleva!".

Llegados a este punto, y antes de que toda la obra se transforme en un muermo, Flavio tiene que intervenir, ponerle un poco de racionalidad al asunto. Interrumpe a Marulo y, más componedor, les dice a los ciudadanos: "¡Vayan, vayan, queridos compatriotas!". Es taimado Flavio. El otro, un energúmeno, les dice "ingratos", les dice "traidores", les dice "pecadores". Flavio, en cambio, les dice "queridos compatriotas" y los pone de su lado: comparten la patria, son iguales a los ojos de Roma. Pero su astucia no se detiene ahí. Enseguida les dice algo más: "Por esta falta cometida, reúnan a toda la gente sencilla, de su condición, condúzcanla hasta el Tíber y viertan lágrimas en su cauce hasta que el afluente más humilde llegue a besar la mayor altura de sus orillas". En un solo paso, los "compatriotas" pasan a ser "gente sencilla", personas clasificadas por su "condición". Pero ese es un detalle menor. Lo central en el discurso de Flavio es que convoca a la plebe, a esos mismos que hace segundos vitoreaban al César, a difundir los intereses del Senado. Los gana para su causa y los pone a hacer campaña».

La granja

Se pregunta el sherpa joven: ¿cómo es posible que, habiendo compartido tantas veces las laderas del Everest con el viejo, nunca se le haya ocurrido averiguar por qué decidió venir hasta Nepal?

Él, en cambio, dice saber de dónde procede. Piensa que podría, si quisiese, reconstruir cada una de las huellas de su paso por el mundo. El nacimiento en un hospital público, las mantas de lana de yak de los primeros dos inviernos, la leche maternizada y la custodia eficiente de su hermana mayor, las heridas sangrantes de la infancia, la escolarización…

La mañana de la excursión a la granja, sin ir más lejos. La recuerda perfectamente. La promesa era ver animales desnaturalizados por la domesticación. Recorrer el camino inverso a los turistas: cordillera abajo, el ripio, los cardos de la baja montaña. Llegar hasta un valle y entonces el campo, una granja, algo así: indeterminado, pastoril; un poco de verde, muchos niños, barro de deshielo.

El sherpa joven —ocho años entonces— alimentaba expectativas desmesuradas. Que eso es la infancia, o al menos su infancia: un constante ensamblaje de previsiones desaforadas, una huida permanente del marco referencial.

Ni siquiera sabía qué podía haber en una granja. Pero asumía que era algo salvaje, indomeñable. Que lo esperaba aquello que iba a sacar a relucir lo menos previsible. Había fantasías de piratería que puntuaban su espera. No la piratería caribeña, sino la del Pacífico Sur: un tinte malayo, indochino, sables corvos, mascotas de colmillos ferales, trazas de lo ilegal. No quería abandonar estas imágenes; ocho años, terquedad, el sherpa joven hacía enormes esfuerzos por no quitarse esas ideas de la cabeza, porque así como estaban, inmaculadas, con un dejo de tifón o de electricidad, lo mantenían erizado.

Y también podría describir el trayecto hacia la granja, que se inició en el momento en que la maestra se paró en la puerta, organizó una fila informe de niños y dio la orden de que empezaran a caminar. Un pasillo, un patio, la puerta de la escuela, el exterior. Ahí se detuvieron un momento. La voz de la docente les recordó: "Ya lo conocen a Raju, nuestro bedel. Raju nos va a acompañar hoy en la excursión. Háganle caso. ¿Estamos todos listos? ¿Nadie necesita ir al baño?".

El sherpa joven tiene presente cada detalle. Por ejemplo, que lo primero que intentó fue establecer si realmente ya conocía a Raju. Las facciones le resultaban familiares pero lejanas, de otro tiempo. Si es que la infancia reconoce otro tiempo. El sherpa joven se rascó la rodilla y miró la nuca del bedel, el pelo oscuro demediado por el filo de una gorra de béisbol. No era la nuca de su padre, tan recortada, tan al ras. Era muy distinta. *La de papá era más parecida a la mía*, pensó el sherpa joven, aunque tenía una imagen muy vaga de su nuca. Nadie tiene una idea precisa sobre la propia agrimensura occipital. Sería necesario afectarse con un narcisismo muy específico, una vanidad literalmente retrospectiva. Pero la obstinación tridimensional se empeña en entregarnos imágenes incompletas, es inevitable que haya una cara oscura. Escuchar es otra cosa, podría pensarse. Pero lo cierto es que el agudo del violín o del silbato castrense también nos esconden frecuencias incognoscibles. Los perros sí: ellos transgreden la interdicción y se pavonean de la amplitud de su umbral auditivo, como si fuese mérito propio. Las ballenas, en su devenir oceánico, infrasónico, los amonestan desde el extremo opuesto del campo tonal.

Ya empezaba a hacer calor, recuerda el sherpa joven; todo el calor que puede sentirse una primavera al pie del Himalaya. El sherpa joven se acercó a Raju. Quería conocer su voz.

—Parece que va a estar fuerte el sol —le dijo y le sorprendió la fútil madurez de su comentario. Quizá ser adulto fuese eso: decir frases apropiadas e inconducentes, la pertinencia y la adaptación.

El bedel lo miró, la cabeza inclinada hacia abajo, y le respondió con total naturalidad:

—Está pronosticada nieve para la noche.

La adultez, entonces, es más compleja: hay también la esfera de la confrontación. Antes de que el sherpa joven pudiera contestarle nada, el bedel recibió una orden y escapó de la escena hacia el interior de la escuela.

Después, sí, lo recuerda ahora, una fatigosa caminata montaña abajo. Namche no tiene calles ni rutas: apenas un helipuerto y senderos peatonales, meandros de lo escarpado y el aislamiento. Por eso hubo que abandonar el pueblo, cruzar un puente, subir una loma, seguir caminando, simular suicidios, festejar los chistes malos. Y recién estaban en los alrededores. Pero no hay que imaginar una menguante periferia industrial ni esa geografía indefinida que alterna el primitivismo de la flora rural y la pobreza de los suburbios. Namche no es Katmandú, no es tan siquiera Darjeeling. Es tan sólo un rejunte de edificios ofrendados al turismo y casas sencillas asentadas sobre unos escalones horadados en la cordillera. El límite de la ciudad se cruza en el reconocimiento del último vecino junto a una piedra pintada de blanco. Más allá, el espacio exterior.

Después de cuarenta minutos de caminata, cuando el sherpa joven ya había revisado sus expectativas –que de repente le parecieron injustificadas, sin asidero–, desembocaron en una planicie modesta: la granja. O, más bien, un terreno escaso con algunos burros, mulas, pavos, cuatro yaks, un cerdo enorme. Pero la visita a la granja no duró nada, porque enseguida fue tiempo de numerarse, ocupar posiciones, mirar adelante, encarar el regreso.

Y en ese ascender la cuesta, el sherpa joven quedó por primera vez –lo recuerda ahora, frente al inglés– detenido en el momento en que un montacargas se despeña y un padre muere. Duelo a destiempo. El camino de regreso a Namche, entonces, un Gólgota. Valle, loma, puente, camino de piedra... Pero no el ascenso del Mesías, que se sabe predestinado y acepta a regañadientes su delirio sacrificial. Más bien el calvario del ladrón malo: a él también le pegaron latigazos. Los mismos clavos, las mismas astillas, y ni siquiera una corona.

La ruta de regreso y Namche en el horizonte, si es que una cordillera puede establecer un horizonte. La languidez del final de fiesta, el recuerdo ya vaporoso de la excursión y el sherpa joven que no pidió ser lanzado a la orfandad. En la mochila, todavía el almuerzo. No había encontrado motivos para comerlo. Primero por la euforia, ahora la melancolía. ¿Qué había perdido en el camino a la granja, antes de los pavos, las mulas, ese cerdo tan abúlico y, sin embargo, entrañable? ¿Qué es lo que querría ahora recuperar? Le pesaba el regreso, este ascender por el sendero de la montaña, el camino a casa, las preguntas, la cena en familia.

Treinta y dos

Al sherpa viejo le crece la barba. Tiene una costumbre: comenzar cada expedición afeitado al ras para luego percibir, a lo largo de los días, cómo el vello facial gana en densidad, en protagonismo. Dice que esto lo ayuda a no descentrarse, a seguir creyendo en las cosas, en la lógica lineal del tiempo, en la secuencia de causas y efectos.

Treinta y tres

Si su padre estuviese vivo, el sherpa joven trabajaría en alguna dependencia municipal de Namche. Como lo hace su madre, como lo hacía también su padre muerto. Trabajaría lejos de los riesgos de la alta montaña y cerca del montacargas en el que, una vez por semana, se transportan las piezas del Caterpillar con el que se despeja la nieve de los caminos peatonales.

El sherpa joven renegó de ese mandato familiar cuando conoció el Campamento Base del Everest. Ese día —doce años, debut— ayudó a poner las banderas tibetanas de plegaria alrededor de las carpas: azul, blanco, rojo, verde, amarillo. En ese orden: cielo, aire, fuego, agua, tierra. Una y otra vez: cetro, rueda, loto, rayo, piedra. Alrededor de todo el campamento: humildad, enseñanza, meditación, entrega, coraje. Eso que los turistas suelen llamar *los banderines de colores de los sherpas*.

Después, se sentó y vio mesmerizado cómo ondeaban sobre la nieve. El viento a través de sus manifestaciones.

Treinta y cuatro

Dos años después de la segunda expedición, Mallory participa de un tercer ascenso al Everest. Pero antes de subir, y mientras trata de conseguir financiación en los Estados Unidos, alguien le pregunta por qué tanta insistencia en llegar a la cima. "Porque está ahí", responde. Esta vez lleva tubos de oxígeno. Pasa los ocho mil metros sin muchas complicaciones. En ese punto, Mallory se despide de los últimos sherpas que lo acompañan y acomete la etapa final del ascenso junto al joven Andrew Irvine, de veintidós años. El 8 de junio de 1924 empiezan a escalar con la intención de llegar ese mismo día a la cumbre.

El cadáver de Mallory es recuperado setenta y cinco años después con fracturas de fémur y tibia. El de Irvine sigue desaparecido. Se ignora si murieron antes o después de conocer la cima.

Treinta y cinco

El sherpa joven ha perdido repentinamente su inclinación por la ingeniería naval, si es que alguna vez la tuvo. Se imaginó en una oficina mal ventilada, inclinado de sol a sol sobre un tablero, calculando masas y resistencias, respondiendo a las demandas del capital transnacional, sobreexigido… Ahora, mientras espera al borde de un peñasco a que algo pase allá abajo con el inglés, piensa que quizás sea mejor estudiar la carrera diplomática. Viajar, defender los intereses de Nepal, protegerlo de las garras codiciosas del mundo rapaz. *Relaciones internacionales, ¿por qué no?* Tiene facilidad para los idiomas. Sus profesores siempre se lo han dicho. Se comunica del modo más fluido con los turistas. Le parece un proyecto excelente. Jamás estuvo en una embajada. No le importa: le gusta la idea de la geopolítica. ¿A quién no? Infiltrarse en los entresijos del mecanismo global, sentarse a la mesa de los dueños del mundo, alimentarse del combustible que pone a girar el planeta. Pero, por temor a irritar a su compañero, decide no comentarlo en voz alta.

Treinta y seis

El sherpa viejo parece enojado con el inglés. Como si caerse del Himalaya fuera una mala idea, una ocurrencia desafortunada cuya perpetración sólo buscase incomodar a los demás. Pero, para no transmitir su malhumor, él también prefiere mantenerse callado, rumiando su disconformidad. Mirando los picos níveos de la cordillera, dientes cariados pese al exceso de esmalte.

Relaciones internacionales, ¿por qué no?, se pregunta el sherpa joven. Hasta que el bruxismo del viejo lo trae de regreso a la montaña y mira hacia abajo, al inglés. Entonces empieza a tomar conciencia de que está muy cerca de cargar con el primer lastre de su carrera. (*Lastre* pareciera ser la traducción más acertada para el vocablo que los sherpas utilizan cuando se refieren a los turistas muertos bajo su tutela. Y es la que prefieren los angloparlantes. Los franceses, en cambio, suelen hablar de *fantasmas*. Parecerá extraño ya que *lastre y fantasma* son dos palabras que no comparten casi ningún paradigma léxico. En nepalí, la palabra original es *hava*, que no quiere decir ni una cosa ni la otra. Sólo que los británicos, formados en el empirismo utilitarista, remitieron de inmediato el asunto a sus derivaciones prácticas, mientras que los franceses se extraviaron en el camino de la metáfora vaporosa.)

Tener un muerto en el historial no es, desde ya, algo bueno para un sherpa. Es una mácula en la foja de servicios. Pero tampoco significa el final de una carrera profesional como guía de montaña ni mucho menos. Los sherpas son sumamente comprensivos con aquellos colegas que pierden turistas en la montaña. Parten de la convicción de que la culpa es siempre ajena, del extranjero que se aventura en los riscos sin suficiente preparación o con secretas tendencias suicidas. Un poco de lastre es perfectamente comprensible. Un muerto, dos muertos, tres si es que murieron en el mismo alud o abducidos hacia el vacío por la misma cadena de arneses. Hasta ahí no habría razón para preocuparse.

Pero es tradición suponer que cuando el lastre empieza a acumularse sobre el currículum de un sherpa, los ascensos se le hacen cada vez más difíciles. No se trata de una cuestión de descrédito profesional. La superstición manda en las laderas de la giganta. Existe la arraigada idea de que el lastre se adhiere a las botas de los sherpas a medida que los cadáveres se apilan sobre los despeñaderos. De modo que, más allá del sentimiento de culpa (que no es de los más extendidos en la comunidad sherpa), lo que les preocupa es el mito: el inasible y pesado relato oral que dice que un sherpa con mucho lastre sobre sus botas tarde o temprano caerá hacia el valle una última vez y se llevará a quien pueda consigo.

Pioneros de la geología

Si los dos sherpas fuesen pioneros de la geología, el viejo sería vulcanista, y el joven, neptunista. Promediaría el siglo XVII y el mandato sería ordenar la ignorancia, emprolijarla, establecer con esmero las circunscripciones del desconocimiento. La neurosis obsesiva de Linneo y su endiosamiento. Ya no más derviches, ni druidas; no más hombres renacentistas que sobrevuelan con idéntica fruición la anatomía, la óptica y la alquimia. Hay que lograr sistemas. Los astros, primero; las especies orgánicas, los fluidos, el mismo paso del tiempo. Hasta que le llega el turno a las ciencias de la tierra. Y no sólo se trata de clasificar minerales, sedimentos, estratos rocosos. Hay que explicarlos: por qué este amonite espiralado sobre la ladera de los Alpes, por qué aquel molusco en el ámbar de esa corteza. Y de dónde, en definitiva, procede todo esto que pisamos.

La primera teoría que se impone, entonces, es líquida y lánguida; un poco cargada de mito y, por ende, seductora, una nereida. El océano en retirada. Un orbe recubierto por agua, que lentamente se escurre y deja la tierra desnuda. Expuesta a la mirada del Creador. Un mundo de anegación que se normaliza. Un planeta emergente que está saliendo a respirar: ballena de inmersiones de media eternidad. El eco del Diluvio bíblico y la prevalencia del agua como castigo ya prescripto. Una esfera totalmente acuática, en la que los minerales disueltos van creando solidaridades hasta conformar lo sólido. Un mundo donde lo firme ha tenido que abrirse paso a través de los eones. Lo seco como conquista del tiempo. Interesante, claro. Pero hay un problema con el neptunismo. No ya de dónde vino el agua primigenia, pero sí, al menos, hacia dónde escurre. ¿Dónde está todo ese mar que cubría los Pirineos, los Andes y el mismísimo Himalaya en el que dos sherpas se asoman a un peñasco?

Entonces, la teoría rival: el culto de los volcanes. El agua arrasada por el calor del Hades. Una idea más violenta, donde es la lava incendiaria la que produce suelos. Que el planeta existe gracias a un incesante ciclo de erupciones y enfriamientos que garantizan su perpetuidad. El centro del mundo arde. La Tierra diseña sus partes en la fragua bullente del inframundo y las escupe a la superficie a través de los volcanes. La materia sale en forma de lava, se enfría, se asienta, las lluvias y los vientos la llevan a declinar otra vez hacia las costas. Ya irreconocible lecho marino, sigue cayendo: la gravedad atrae los minerales de nuevo hacia la combustión inextinguible del centro planetario, al laboratorio del infierno donde todo se mezcla otra vez a la espera de una nueva erupción. Así, cíclica, impetuosa, es la fábrica ígnea de mundos pergeñada por los vulcanistas.

Goethe refleja la polémica en su *Fausto*, donde a Anaxágoras le toca defender al partido del fuego y a Tales, naturalmente, el rol fundante del agua. "Por las emanaciones del fuego estas rocas están aquí", sostiene Anaxágoras. Pero Tales le responde: "Lo viviente nació de lo húmedo". El otro, irrespetuoso, lo provoca: "¿Has hecho salir del fango en una noche, oh Tales, una montaña como esta?", y señala un cerro que se presume imponente. Pero Tales, hidrófilo, mantiene la calma: le dice que la naturaleza fluye, que construye sin violencia alguna. Entonces Anaxágoras pierde la paciencia. Le dice que sí, que por supuesto hubo violencia; aún más "hubo un horrible fuego plutónico" y "resonaron con fuerza los estallidos de vapores eólicos" que quebraron "la vieja costra del suelo llano" para que una nueva montaña surgiera "de inmediato". La discusión sigue, pero hasta ahí Goethe.

Luego, la ciencia, su mecánica epistemológica, Pangea, Laurasia, Gondwana, la deriva, el exhibicionsimo del período cuaternario. Las placas tectónicas son un invento del siglo XX, una moda impuesta apenas cuarenta años antes de que el sherpa viejo, vulcanista por decisión, y nuestro joven neptunista intuitivo se asomen al abismo y contemplen el cuerpo inmóvil de un inglés.

Treinta y ocho

Y*o sí puedo demostrar mi origen*, piensa el sherpa joven.
¿Puede el viejo? ¿Puede él trazar la elipse que lo trajo hasta
la montaña? Recuerda otra escena el sherpa joven: algo
que, supone, sirve como constancia de su genealogía…

Está volviendo del colegio. Es más grande, ha
comenzado a cursar los estudios secundarios. Ya conoce
la montaña. Camina pero elige detenerse. Se sienta en una
piedra, demora el regreso. Desde ahí puede ver el terreno
que rodea su casa. La cordillera, al fondo. Alrededor,
pedregullo estéril. La madre sale por una puerta trasera;
lleva entre los brazos una palangana pesada. La ve el
sherpa joven desde este punto de vista ocioso y le gustaría
decirle que no se esfuerce, que a la noche nieva. Pero ella
camina unos pasos y cuelga ropa mojada de una soga.
Usa broches de madera, bambúes leñosos convertidos en
miniaturas prensiles. Sobre ella, la intemperie.

¿Puede decirse *una* intemperie? ¿Podría haber
dos? ¿O es que la intemperie resulta incontable? ¿Se
la puede fragmentar, descomponer en una secuencia,
encontrarle un sistema y un patrón? ¿O es una criatura
etérea que no tiene forma o que asume la forma inaca-
bable de aquello que coloniza? ¿Es algo que está ahí,

una entidad omnímoda devenida caos, algo que todo lo abarca y siempre, pero aun así fortuita?

Si la mujer dijese, por caso, "algo tiñó mi ropa"; o "algo tiñó mi ropa de forma casi impercetible"...; si la madre del sherpa joven levantara la vista, fijase la mirada en las nubes próximas, si observara la tela de la ropa al trasluz de la resolana y dijese en voz alta: "algo tiñó de rojo mi ropa de forma tan imperceptible que sólo yo puedo notarlo"...; querríamos saber, entonces, el rojo, su pigmentación feble, ¿es la intemperie o es el amparo?

La madre del sherpa joven termina de colgar la ropa, recoge la palanga —ahora aliviada de su peso— y desaparece del cuadro. Se levanta viento. La ráfaga llega desde el norte. Una tela (mantel, sábana o túnica) se sacude, se eleva y queda enrollada alrededor de la soga. Hay algo melancólico y luego irreparable en esa tela húmeda, apenas decolorada, víctima de una torsión y contrahecha. Pareciera que no va a ser posible desanudarla. Que ya va a quedar así: aferrada a una soga en un abrazo de asfixia, estrangulada sobre sí misma.

El sherpa joven se levanta y camina hasta su casa.

Treinta y nueve

El cuerpo del inglés no está solo: permanece junto a él uno de sus bastones. El otro se ha despeñado, ya irrecuperable. Tiene el casco puesto, el piolet asoma debajo de las costillas. La mochila sigue adosada a la espalda, arqueando las vértebras dorsales.

Quizá la contemplación de esa postura desesperanzadora le recuerda al sherpa joven algo inquietante que ha leído en la Red: resulta ser que el Everest no es necesariamente la elevación más alta del planeta. Hay, dicen los geólogos, una divergencia de criterios. El monte más elevado de Nepal es, sí, el que ostenta el récord cuando se mide la distancia entre la cumbre y el nivel del mar. Los celebérrimos ocho mil ochocientos cuarenta y ocho metros. Pero si, en cambio, con otra mirada más meticulosa y menos rastrera, la altura se midiese desde el centro de la Tierra, la giganta perdería el trono y abdicaría ante la magnificencia andina del volcán Chimborazo, en la cordillera ecuatoriana. Dicho de otro modo: el pico sudamericano, y no el Everest, es el punto terrestre más cercano al espacio exterior, a las esferas celestes, al sueño renacentista de Giordano Bruno. Por aquello de que el planeta se achata en sus polos y se ensancha en el paralelo central.

Aun peor, sabe el sherpa joven: no sólo el Everest no es el indiscutido pico más alto de la Tierra, sino que tampoco es, por lejos, el más difícil de escalar. El Annapurna, el K2, el Nanga Parbat presentan desafíos mucho más complejos en esta misma cadena del Himalaya. Incluso más humillante: las modestas alturas alpinas del Eiger y el Matterhorn son más temidas que el Everest por los montañistas.

Por eso, mientras mira al inglés tendido sobre la roca, la cabeza ladeada, el casco ocultando los ojos, el sherpa joven se dice: *Relaciones internacionales, ¿por qué no? ¿Para qué quedarse acá?*

Error

«Quiero que nos concentremos en la expresión de nuestro Flavio cuando se menciona el nombre de Pompeyo. ¿En qué piensa Flavio cuando Marulo recuerda a las masas romanas aclamando a Pompeyo de un modo tan estruendoso que temblaba el Tíber en sus cóncavas márgenes, como dice Shakespeare? Lo más probable es que piense que Pompeyo fue un enorme error. Que cualquiera que sea aclamado por la plebe romana es el engendro de un desatino. Como fue un error Sila antes que Pompeyo, y como fue un error Cinna antes que Sila, y Mario antes que Cinna. Y como fue un desacierto absoluto Julio César, el peor de todos. El único imperdonable. El que sólo pudo ser reparado mediante el complot y el crimen más horrendo».

Kan runu

Nima Chhiring formaba parte de un equipo de sherpas contratado por una expedición de montañistas chinos. El 18 de abril se despidió de su jefe y salió del Campamento Base cuando todavía era de noche. Se había propuesto recorrer tres kilómetros y medio hasta el Campamento Uno para chequear que la ruta estuviera en condiciones de ser escalada por sus clientes. Una día cualquiera de primavera, tres horas y media bastan para que un sherpa bien entrenado agote el trayecto. Nima, con tres cumbres en su historial, llevaba crampones en las botas y una mochila con unos cuarenta y cinco kilos en la espalda: su uniforme. Caminó, subió pendientes, trepó escaleras de aluminio, enganchó y desenganchó decenas de veces sus cuerdas, y todo parecía rutinario. Un par de minutos después de las seis de la mañana, sin embargo, tuvo que detener la marcha. Delante suyo, un embotellamiento de sherpas. Casi un centenar de colegas atascados en una cornisa de hielo. Fumaban, conversaban, algunos empezaban a sentir el frío de la madrugada. Empleados por distintas expediciones, todos tenían una misión idéntica: corroborar la viabilidad de las rutas de ascenso y, llegado el caso, acondicionarlas. En ese punto, todos habían encontrado el mismo problema. Una zanja profunda se abría entre dos bloques de hielo. La solución: atar dos escaleras, asegurarlas a la cornisa y apuntarlas hacia un nivel inferior desde el que fuera posible retomar el ascenso. Cuando Nima llegó al lugar, la mayor parte del trabajo estaba hecho. Varios sherpas ya bajaban por las escaleras y se disponían a reiniciar el camino hacia el Campamento Uno. Pero todos los movimientos eran cautos y lentos, exasperantes. Se demoraban con sus pies en suspenso sobre cada escalón de aluminio, miraban las cuerdas con excesiva reverencia, desconfiaban del hielo. Nima calculó que debería esperar al menos media hora hasta que le llegara el turno de bajar. Se molestó.

Y, en medio de ese hastío, empezó a llorarle el oído. *Kan runu*. La advertencia de la montaña. Entró en pánico. Trató de comunicarse con su jefe en el Campamento Base. No estaba. Había ido hasta Namche a comprar provisiones. El cocinero de la expedición respondió la llamada. "¿Qué pasa?", quiso saber. "*Kan runu*. Vuelvo a la base." Los sherpas que estaban alrededor escucharon la conversación. "¿*Kan runu*?, ¿seguro?", le preguntaron. "Mi oído está llorando. Yo me bajo; ustedes también deberían bajar", respondió y empezó el descenso. Siete sherpas se fueron con él: cinco por respeto al oído que llora; dos porque tenían síntomas de congelamiento en los pies. Avanzaron rápido. Para las siete menos cuarto, ya estaban en una planicie intermedia conocida como "El campo de fútbol".

Desde esa perspectiva, y de espaldas a la cima, la fenomenología de una avalancha se percibe así: una ráfaga abrupta, seguida por un ruido grave y seco, profundo. Catorce mil toneladas de hielo; dieciséis muertos. Todos sherpas.

Cuarenta y dos

Pese a su temperamento galvánico, es raro que el sherpa viejo amoneste a su compañero. Lo aconseja, lo adoctrina, quizás a veces se pone un poco enfático... pero raramente lo increpa. Y esto es porque el viejo ha elaborado una teoría sobre la diálectica del Himalaya. Una teoría a todas luces equivocada: los sherpas —se ha convencido el viejo— dan por sentado que, en caso de desavenencia, la razón siempre acompaña al que está hablando. El simple hecho de enunciar transforma al orador en portador de la verdad. Cuando la palabra cambia de propietario, la razón se va con ella. Pero no hay que confundir: pocas cosas más alejadas de la idiosincracia nepalí que el consenso. Nunca hay acuerdo, cree el sherpa viejo. Lo que ha habido en una discusión entre sherpas es nada menos, nada más, que una expansión de la experiencia del lenguaje.

Pero no hay que hacer mucho caso a estas ideas del sherpa viejo. Suelen ser confusas, rebatibles. Tienden a la mitificación. Cuando elucubra hipótesis parado en la ladera sur de la giganta, el viejo se empeña en ignorar que los sherpas discuten como cualquier otro hijo de Caín. Se abstrae de los numerosos casos de violencia entre sherpas, de cómo se vienen despeñando a empujones desde hace siglos por los más mínimos desacuerdos.

Y es que el viejo, aunque le cueste reconocerlo, es extranjero: ha nacido muy lejos del Himalaya, en otro continente. Eso lo ha vuelto algo fanático del folklore local. Como el exfumador, como el converso, él también tuvo que inventar su raigambre de manera artificial. Y lo hizo con materiales resistentes.

En cambio, el inglés que ocupa inerme una porción despreciable de la cordillera nació en Inglaterra. Y su padre, por supuesto. Y también su abuelo, una criatura alumbrada en aquellos años en que prácticamente todo era Inglaterra.

Cuarenta y tres

El sherpa joven trata de imaginar su futuro como diplomático de carrera y enseguida da un paso atrás: trajes ceñidos, cócteles, hipocresía rentada, la esterilidad de las reuniones, el cerco infranqueable en torno al Consejo de Seguridad de las Naciones Unidas... Quizá no. Tal vez la diplomacia no sea la mejor idea. Después de todo, ¿qué es un país, un Estado-nación? O una nacionalidad, ¿qué es? Ya nadie sabe. Ocurre todo el tiempo: embarazos durante las guerras y pariciones que se multiplican sobre territorios en conflicto. Los recién nacidos asoman la cabeza justo cuando la frontera ha perdido nitidez. ¿Qué bandera ondea sobre este bosque?, pregunta la parturienta, el cordón umbilical todavía tibio junto a la placenta descartada. La ambigüedad del cielo le responde vaguedades: algunas meteorológicas, otras libertarias. Pero la nacionalidad no se resuelve en abstracciones ni en inestabilidades. Hay que buscar otro modo de investir a la criatura de patria. ¿Y cómo se arregla esto? No tiene arreglo, diría el sherpa joven. Pero el viejo no estaría de acuerdo. Hay un solo modo de solucionarlo, diría: redacción e intercambio de expendientes. Es en la burocracia, afirmaría, donde la *doxa* muta en *episteme*.

Lady Houston

Lady Houston era el apodo de una excéntrica millonaria británica que tuvo su momento de fama en los años previos a la Segunda Guerra Mundial. Por un lado, adalid de los derechos de la mujer e impulsora del voto femenino; por otro, ultranacionalista y devota aportante al armamentismo del imperio. Su tercer esposo fue Sir Robert Houston, político conservador, miembro del Parlamento y magnate del comercio transoceánico. Dicen que cuando Sir Robert le mostró su testamento, Lady Houston lo partió en pedazos y le dijo que legarle apenas un millón de libras era un insulto a su integridad. Desde esa tarde, Sir Robert hizo catar su comida para eludir el envenenamiento. Murió, de todos modos, a bordo de un barco. Y le dejó a su esposa cinco millones y medio de libras.

Pero el gran enemigo de Lady Houston no fue su tercer marido, sino Ramsay McDonald, el primer laborista en llegar al número diez de la calle Downing. En ese edificio Gandhi visitó a McDonald en 1931 para iniciar negociaciones en torno a la liberación de los presos políticos detenidos por manifestarse en favor de la independencia de la India. La imagen del abogado pacifista, vestido apenas con su túnica *dhoti* y unas ojotas frente a la residencia del primer ministro, fue algo que Lady Houston no pudo soportar. De inmediato se puso en campaña para establecer un símbolo de la supremacía del Reino Unido sobre las colonias. Se le ocurrió montar y financiar la expedición aérea Houston-Mount Everest, el primer vuelo sobre "la madre del mundo". La misión debía ser cumplimentada por dos pilotos al mando de sendos aviones: entre los fuselajes de ambas naves flamearía la bandera de la Gran Bretaña a más de ocho mil ochocientos metros de altura.

El vuelo se realizó con éxito. El hecho de que esa región del Himalaya no perteneciera a la India insurrecta sino al reino probritánico de Nepal le pareció un detalle menor a Lady Houston. Envió un telegrama de felicitación a los aviadores: "Vuestros logros me han conmovido, oh, valientes hombres de mi corazón. Si esto no despabila al gobierno, nada lo hará. Duerman bien y siéntanse orgullosos, como lo estamos nosotros". Y remataba con su tradicional: "*Rule Britannia*". Dos años después, devastada por la abdicación de Eduardo VIII, la acaudalada Lady Houston decidió no comer más y se dejó morir.

El sherpa joven

La única imagen realmente vívida, la única memoria certera que el sherpa joven conserva de su padre es la nuca. Una nuca con el pelo cortado al ras, que apenas si iba ganando en espesor a medida que se arrimaba a la coronilla. Una nuca cúbica, proyectada en ángulos abruptos hacia los huesos temporales. Muy parecida a la nuca del sherpa joven, aunque con más personalidad. Como si el cráneo del sherpa joven hubiese perdido definición por desgaste generacional.

Esa nuca del padre que recuerda el sherpa joven estaba en un auto. Debe haber sido prestado: nunca tuvieron movilidad propia. Un auto ajeno, apropiado entonces, sin apoyacabezas, ni cierre centralizado, ni sistema de audio. Parecen, en la anamnesis del sherpa joven, algo así como unas vacaciones. O una visita de cortesía a los abuelos en Katmandú: ir, participar de algún rito familiar y volver en seis o siete días. Caminar cinco horas desde Namche hasta Lukla, aprovechar el vuelo del correo postal que cobra precios de ocasión, aterrizar en la capital… Escapar de la montaña. A la planicie, donde las esferas sí ruedan de manera más o menos previsible, sin desbocarse en la consecución de un centro gravitacional. Y aprovechar para conocer los alrededores. Pedir un auto prestado, hacer –ellos también, los sherpas– turismo.

El padre tenía el volante en las manos, entonces: un volante británico, colocado del lado derecho, otra herencia colonial ofrendada al pueblo nepalí. Quizá manejara con el codo apoyado en el marco de la ventanilla abierta y el viento se colara en el coche. Pero esto ya es materia espuria, reconstrucciones deductivas; en el recuerdo sólo hay una nuca. Y su madre, que ocupaba la butaca de la izquierda, un bolso de tela sobre las piernas; y en el asiento trasero la hermana y el punto de vista del propio sherpa joven, cinturones de seguridad sin mecanismos inerciales colocados a la altura de las axilas.

En el inicio de la secuencia todavía no era de noche pero ya se detectaba, apenas, un vector hacia la oscuridad. Debían estar volviendo a Katmandú. La hermana se quejaba de algo con tono airado, pero enseguida estaba dormida, su cabeza rebotaba onírica contra el vidrio de la ventana. La madre callaba, sosteniendo el *statu quo* por pura reconcentración. El sherpa joven tenía los ojos abiertos sobre la nuca del padre, que iba cambiando de fisonomía según la progresión cromática del anochecer. La tarde franca desembocaba primero en un efímero desteñir vespertino; después, en la agonía del arco crepuscular; finalmente, ahora sí, la noche tímida y clara; el estuario hacia la bóveda densa, estrellada, el peso de su amenaza.

El sherpa joven se distraía un instante más allá de la ventanilla del auto prestado e intentaba adivinar formas en la claridad nocturna: rocas, alguna señal de la ocupación humana, un nido abandonado, el resto de un animal muerto cerca de la banquina. En medio de esa velocidad intermitente de ruta de precordillera, una luna estática seguía sin distracciones la trayectoria del auto. Todo se movía, todo quedaba atrás menos la luna que permanecía anclada en el cielo y, al mismo tiempo, en movimiento perpetuo, imitando, quizá tutelando, la marcha de la familia del sherpa joven. Entonces, él –tres años, ignorancia astronómica– miraba la luna y se preguntaba por qué los perseguía, qué le habían hecho. Cómo hacía para estar siempre en el mismo lugar y todo el tiempo con ellos. Miró la nuca de su padre, recortada tan al ras, empalidecida por la luz selenita. Volvió a la luna: ¿por qué es tan difícil dejarla atrás?

La postal es la nieve

El sherpa viejo cree que la nieve afea las montañas. Y el pasto también, y toda vegetación. Todo organismo vivo, en realidad. Pero en especial la nieve. El sherpa viejo preferiría una montaña construida por acumulación masiva de rocas desnudas, crudas, que se limitaran a exhibir las consecuencias de la erosión. Sin grandilocuencia. Una alianza de minerales cromáticamente similares: una serie de rocas que pintara sobre las laderas del monte una gama de grises y marrones, ocres, tostados, tiznes del carbón que se deslizan hacia la suciedad blanquecina de la leche cuajada. Una piedra que parezca la piel de un rinoceronte joven junto a otra que recuerde al sol cayendo sobre la giba de un dromedario. Y así desde el pie hasta la cumbre, una roca detrás de otra. Visto de lejos, un espectáculo magnífico, la lucha de los fragmentos por lograr una identidad colectiva, un único color pardo que defina, que permita nomenclar. De cerca, la maravilla del detalle, del matiz, de la diferencia.

Pese a todo, piensa el sherpa viejo, *la postal es la nieve*. Cuando el turista imagina la cumbre del Everest, la primera visión que se le representa es la nieve. La uniforme nieve, al mismo tiempo tosca y pretenciosa.

Con sus infinitas configuraciones aplicadas a la futilidad del copo. No hay dos copos iguales, se sorprenden las mentes simples. No existe lo idéntico, les respondería el sherpa viejo. Lo mismo que decimos del copo podríamos decirlo de las olas del océano, de los granos de arena del desierto, de las botellas producidas en serie en una fábrica de Detroit. No hay dos que sean iguales… ¿Y el cielo?, se le podría preguntar. ¿No es el cielo siempre el mismo en sus variables? ¿No es el mismo celeste, nublado o nocturno? No, diría el sherpa viejo: no. No es el mismo ni es nada. No podemos hacer como si el cielo fuese algo, como si hubiese arriba aspiraciones de culminación, o abajo, o adelante. Como si la naturaleza no fuera una aberrante concatenación ininterrumpida de estados de la materia y la energía o, en casos aun más pérfidos, una continuidad azarosa de conciencias. Y, pese a todo, la nieve permanece inalterable en la postal.

Para el escalador avezado, en cambio, la cumbre del monte Everest es silencio. Si es que puede llamarse *silencio* al estrépito enloquecedor del viento rozando la cima del monte más alto del orbe.

Cuarenta y siete

«Shakespeare nunca aclara qué tipo de tribuno es nuestro Flavio. Podría ser un *tribuno militar*; es decir, un funcionario resentido ante la pérdida de poder en el organigrama jerárquico de Roma. Enviados del gobierno central en medio de las legiones, su posición había quedado debilitada por un liderazgo imperial con ascendente sobre todos los estamentos de la maquinaria bélica. El liderazgo de Julio César, claro. Terminó transformándose en un puesto ideal para darle un lugar en el Estado a los hijos sin muchas luces de las familias patricias. Me inclino a pensar que Flavio no era de éstos. Creo que era más bien un *tribuno de la plebe*. Es decir, un representante del pueblo ante el Senado. El cargo de tribuno de la plebe fue creado por presión popular: un modo de sentar a un plebeyo en la capital del imperio. Un hombre de a pie investido de un cargo político conferido por delegación de soberanía territorial. A cada tribu, un tribuno elegido por sufragio. Flavio parece ser uno de ellos.

Su reacción, sin embargo, es por completo ajena al sentir del pueblo romano. Reprende a los ciudadanos, censura su alegría, los alecciona. Asiente mientras su compañero Marulo califica a los que festejan la llegada de Julio César: "¡Estúpidos pedazos de pedernal, peores que las cosas insensibles!". Concede cuando el otro les espeta: "¡Corazones encallecidos, ingratos hijos de Roma!".

¿Qué nos sugiere entonces esta obra en su primera escena? No importa. El autor es Shakespeare, y él, como Isaac Newton, no formula hipótesis: se limita a describir los mecanismos psíquicos del hombre. Es algo que hay que tener presente cuando se abra el telón y tengas que decir, joven actor: "¡Fuera de aquí! ¡Vuelvan a sus casas, gente ociosa!"».

Cuarenta y ocho

El sherpa viejo trata de reconstruir el momento de la caída. Como si rodear al episodio con un relato sirviese de atajo para establecer cuánto tiempo pasó desde entonces. Recuerda que todo fue bastante silencioso. El inglés iba en el medio; el sherpa joven, atrás, cerrando la fila. Era una curva. A la izquierda, la ladera; a la derecha, el vacío. No era tan complicado. Había un metro y medio holgado de suelo para afirmarse. Era casi un pasillo, una calle asfaltada. Hasta se podría haber armado la carpa ahí mismo y pasar la noche. No era un tramo ascendente. El sherpa viejo subraya esta idea: no era ascendente. Era completamente horizontal, no representaba el más mínimo riesgo. *Por eso no teníamos las cuerdas fijadas en los arneses, por eso caminábamos sueltos, cada uno según sus capacidades y a cada uno según sus necesidades,* piensa. Una vez superada la curva, sí, recién entonces sí, vendría un período de escalamiento, de vencer la verticalidad de la montaña. Pero no todavía. *Si era como una avenida, como una autopista de telgopor, una plaza blanda.*

Quizá ni siquiera diez minutos. Seis desde que pasó todo esto; ocho, a lo sumo. El sherpa viejo iba adelante. Escuchó un chasquido, una lengua separándose de los dientes. Contrariedad. Eso era lo que expresaba ese chasquido. No miedo, no sorpresa, no la irrefrenable cólera de los mortales contra su finitud. Nada de eso. Contrariedad: como un padre que descubre que los cordones de los zapatos de su hijo están desatados. Como quien observa, después de lavar y secar los platos, que la sartén todavía está sucia sobre el anafe, pringosa, impostergable. El sherpa viejo escuchó ese chasquido y giró la cabeza. Vio que el inglés trastabillaba, movía los brazos como aspas de ratán, quería restablecer el equilibrio...

Un error. Lo mejor, siempre, es caer.

Libélula

O aquella otra mañana, en el aula. El sherpa joven lo recuerda vívidamente. Fue una brevísima clase en que la maestra trató de instruir a sus alumnos sobre las diferencias entre un animal doméstico y uno salvaje, entre un mamífero y un anfibio, entre ser audaz y ser temerario. ¿Tiene el sherpa viejo esta clase de memorias? ¿Evocaciones de esta nitidez?

Ese día el sherpa joven, ya diez años casi, entró al edificio de la escuela, caminó —pies de autómata— hasta el aula, se sentó y esperó. Estaba en la primera fila, la mochila al costado. Detrás, el tumulto, la turba infantil, los pupitres menguantes, la proyección de un pasillo central, suelo de baldosas en perspectiva. Llegó la maestra y se desató un simulacro de silencio: nadie se callaba pero las charlas, las imprecaciones, los bufidos quedaron asordinados. La mujer saludó; era amable pero quizá porque no conocía otras variantes del carácter. Transmitía una calidez por imposibilidad. Repasó al grupo con la mirada, preguntó por algún ausente, enfrentó el pizarrón y escribió: "mamíferos", "reptiles", "aves", "peces", "anfibios". El orden era aleatorio, ¿pero qué se puede esperar de una taxonomía?

Los alumnos se hundieron en la mecánica de la modorra matinal. Escuchaban desde lejos, distraídos por estímulos muy remotos, algunos anotaban palabras sueltas, la mayoría pensaba en la vida al aire libre: la mañana, el sol, la posibilidad de empujarse. Y, en medio de ese sopor, la llamada del caos.

"¡Una libélula!", dio la alarma un infante. "¿Dónde?" "¡Acá, adentro, allá!" El clima se encrespó de inmediato. Toda la jornada escolar tomó un nuevo rumbo. Adrenalina, anomia. El insecto rebotaba contra la ventana del aula. Topaba su cabeza contra el vidrio y se sumía en la confusión. Movía sus alitas elípticas y arremetía de nuevo contra la transparencia. Gritos. No siempre vinculados de un modo directo con el insecto, pero sí derivados de su presencia.

El sherpa joven, puro instinto irreflexivo, se sintió convocado. Se levantó y enfrentó el pasillo sin anuencias ni permisos. Caminó entre sus pares, las voces superpuestas por el alegre advenimiento del desorden. La libélula, megacefálica, ejecutaba en ese momento una maniobra ascendente. Tomaba envión y trataba de encontrar un resquicio entre el vidrio y el marco de la ventana. Fracasaba, no se desanimaba, probaba de nuevo. El sherpa joven llegó hasta el lugar, la miró, la midió. De un salto se paró con los dos pies sobre un asiento, aplastó a medias a un compañero y en ese equilibrio, en esa inestabilidad, acometió la hazaña: un movimiento rápido y atrapó al insecto por la cola.

De inmediato lo exhibió. El bicho se retorcía entre sus dedos macizos. El sherpa joven sintió un dejo de aprensión por esa viscosidad vital, que de todos modos no tenía chances de competir con el orgullo prensil de sus falanges. En el entorno surgieron aplausos, pero también un poco de decepción en la dinámica grupal. La certeza de que la singularidad había entrado en una fase declinante. Que la breve algarabía anárquica que la libélula había introducido en el hastío de la clase ya empezaba a agonizar. A medio camino entre la vanidad y el patetismo, el sherpa joven avanzó por el aula con la libélula entre los dedos, la vista fija en el pizarrón. Los chicos renovaban su curiosidad y pedían acariciar al insecto, asesinarlo, meterlo en las bocas de sus compañeros. Alguien sugirió:

—Qué asco, ¿por qué no lo tirás?

El sherpa joven asintió pero no detuvo su desfile, su triunfo por el pasillo; altivo aunque con un remanente de inquietud por el zumbido suplicante del insecto entre los dedos. Otra voz le rogó:

—No lo mates.

Y esa invocación piadosa conmovió al sherpa joven. Por eso negó con la cabeza, volvió hasta la ventana, la abrió con la otra mano y arrojó la libélula al mundo exterior.

La maestra, entre tanto, luchaba con una tiza. Intentaba dibujar unas branquias sobre el cuerpo sintetizado de un pez visto de perfil ante la indiferencia general. Secuela del desborde gregario, todos los chicos seguían observando al sherpa joven, aun cuando ya no había nada que mirar. De hecho, el episodio de la libélula ya había colmado toda su capacidad de ser observado. El niño sherpa joven no sabía qué hacer con tantos ojos. ¿Prefería que lo ignoraran, entonces? Menos. Lo mejor, pensó en ese momento, sería mirar a los demás sin que ellos se diesen cuenta. O no. Lo ideal, lo extraordinario, sería que ellos lo mirasen todo el tiempo y él no lo percibiera. Que nadie pudiese dejar de mirarlo.

Cenital

Si la vista fuese cenital, lejana, el paisaje sería bien distinto. Tres hombres: dos de pie; uno acostado en una posición extraña, apuntando hacia el oeste. Hay una inmovilidad constituyente en todo el cuadro. El que está acostado, se presume desde aquí arriba, es quien menos sufre este quietismo, quien más a gusto se siente con el actual estado de las cosas. Los dos hombres que están levantados, en cambio, transmiten cierta tensión, un grado de incomodidad que no se resuelve en un escape cinético sino en algo más inasible, algún tipo de electricidad, de estática que los circunda.

Claro que apenas uno se aleja un poco, el detalle pierde definición. Y especialmente pierde interés, dramatismo. Tomando distancia, las tres figuras sobre la ladera de la montaña no son más importantes que aquella chiva o que ese amontonamiento de carpas, miles de metros más atrás, donde acampan seis españoles, una francesa y otros cinco sherpas. Desde esta altura, lo orgánico queda relegado para abrir paso al panorama. No es aún una dimensión planetaria, no nos hemos alejado tanto como para pensar en la esfericidad de la Tierra, su pátina azulada, la inmensidad cósmica… Todavía no. Es más bien la altura de un helicóptero, de un cóndor audaz, de un avión hidrante que se eleva con su carga ya volcada sobre las llamas de la foresta. Desde esta altura, ni exagerada ni cercana, la perspectiva reordena las prioridades. Lo importante desde acá parece ser la nieve. Y en menor medida la piedra. El cielo no se ve desde acá arriba, mirando hacia abajo. Algo de la flora se esmera por ser parte del cuadro. En cuanto a la fauna, son apenas manchas, molestias que estropean la composición general, la continuidad de lo blanco. Las tres figuras inmóviles son parte de esa fauna. Piezas de una cadena alimentaria sin un rol asignado.

Ahora uno se mueve. Desde acá es difícil decirlo, pero pareciera que uno se mueve. Rompe el diorama. Son adorables cuando se mueven, desde esta altura. Con sus bracitos, sus diminutos gorros de lana. Ahí va, sí, se mueve. Levanta su cabeza al cielo y mira.

Cincuenta y uno

¿De dónde salió? ¿Qué combinación de azares arrastró al sherpa viejo hasta la ladera sur del monte Everest? El sherpa joven no encuentra una respuesta. Pero ese impedimento no lo enfurece. En absoluto. Más bien queda disuelto en su conciencia, donde otras angustias flotan en un ensimismamiento de vidrios esmerilados.

Mira el cielo, los picos nevados, y sin decir nada extravía la mirada sobre puntos imprecisos del paisaje. Un escozor, un desvalimiento tenue se le aquerencia, como le ocurre cada vez que se aleja de Namche, su casa, de las laderas habituales, los turistas y su flujo de divisas… O quizás sea otra cosa. Lo cierto es que hay algo en la inactividad de la espera que lleva al sherpa joven hacia una zona fantasmagórica. Un lugar que no es el caos ambarino del presente, y tampoco el pasado fósil. Un sitio que no tiene forma. Es difícil darle nombre. Lo magmático, tal vez. Algo que al principio se manifiesta como una zona devastada de informaciones parciales: la humedad en las paredes bajas de su casa, la puerta de un mueble que se salió de los goznes y hay que trabar con un pedazo de cartón, las fotos de su padre… la reverberación astrosa de la presencia física de ese padre, que ya empezó a fraguar como un recuerdo de recuerdos. Que ya se deja ir en la evanescencia de las anécdotas en tercera persona.

—El montacargas se vino abajo y tu papá estaba adentro con otras tres personas.

La explicación de la madre nunca iba más allá. Eso era todo lo que se podía decir. Pero al sherpa joven, por algún mecanismo de la economía del duelo, le resultaba imposible configurar la escena: el desperfecto, un montacargas cayendo porque sí, ese encierro súbito, la incidencia presupuestaria en la fatiga de los materiales.

Mejor le fue resultando, con los años, reconvertir la caída del montacargas en un accidente automovilístico. Algo similar, pero menos involuntario; con una leve dosis de épica, una mínima responsabilidad en la propia muerte. Construyó su siniestralidad personal con un punto de vista específico: un poco tapado por la nuca de papá, que manejaba el auto, y las otras tres personas muertas que se apretujaban al lado suyo en el asiento trasero para entrar todos en cuadro en el momento mismo de despeñarse. Al atardecer, con un sol ya oculto pero que todavía relumbra contra los picos nevados del Himalaya. Y después el paisaje y su aceleración expresionista a través de la ventanilla. El impacto.

Cincuenta y dos

En 1938, la mirada que se detiene sobre el Himalaya no parte de Inglaterra sino desde los edificios céntricos de Berlín. La Sociedad para la Investigación y Enseñanza sobre la Herencia Ancestral Alemana, conocida de un modo más familiar como el *Ahnenerbe*, envía un equipo compuesto por naturalistas, funcionarios del Reich y adeptos al ocultismo. El ideólogo e impulsor de la expedición es Heinrich Himmler. El objetivo del viaje no queda claro. Hay negociaciones entre funcionarios nazis y líderes tibetanos: se habla de armas, del poder chino, de la influencia británica en la región. También hay registros antropométricos que buscan establecer una correlación entre la etnia local y la genealogía aria. Se desarrolla algún tipo de investigación esotérica sobre el Yeti. Se colectan unas trescientas pieles de animales. Se confiscan ciento ocho volúmenes antiguos del canon budista. Todo se mantiene en el mayor de los secretos.

La expedición regresa a Alemania en agosto de 1939. El primero de septiembre, Hitler inicia la invasión a Polonia.

Fuera de campo

El sherpa joven estaba en otra cosa. El ángulo visual lo mantuvo al margen del momento. La curva le evitó la acción. El sherpa viejo hablaría de la ventaja de lo cimbreante. Diría que hay que doblar despacio, sin dejarse llevar por el vértigo. Diría que hay que disfrutar el rodeo aun a riesgo de procrastinar. El sherpa joven no estaría tan seguro. No le preocuparía tanto si el camino es recto o torcido, sino su orografía. ¿Es llano el camino?, ¿es en bajada?, ¿tiene mucho pedregullo? El sherpa joven cerraba la fila, cuidaba las espaldas del inglés. Pero el acontecimiento ocurrió en una curva. Primero dobló el viejo, después el turista. El sherpa joven los perdió de vista. Fue un instante, si es que *instante* significa algo. Primero percibió de costado cómo el sherpa viejo desaparecía atrás de una roca. Después vio al inglés que salía del cuadro. Cuando quedó –se diría– solo, el joven bajó la vista para analizar el punto de la montaña donde estaba por apoyar el pie derecho. Tres segundos puede haber tardado el sherpa joven en dar ese paso, y dar otros cuatro más con una media torsión de la cintura escapular, y al final tomar la curva: ya no mirar al sur, sino al noreste. Y fue durante esos tres segundos que el sherpa joven comprobaría la potencia dramática del fuera de campo.

Hay una idea certera nacida en *Mitteleuropa* y perfeccionada en Francia: todo lo que acostumbramos llamar *vida* es, en verdad, *síntoma*. Las acciones, los pensamientos, las interpretaciones, los diálogos y soliloquios, los dolores… no son más que proyecciones, emergentes, cuños sobre la superficie de lo cognoscible. *Síntomas*. Lo real está en el fuera de campo, permea desde un más allá aberrante. Es inaccesible. Y nosotros nos vamos conformando con lo perceptible nomás. Un poco al modo de los astrónomos que infieren la presencia del invisible agujero negro sólo por sus efectos gravitacionales. Lo real está ausente: apenas si vemos sus consecuencias.

La mirada ahora apuntando al noreste, el sherpa joven descubrió la ausencia súbita del inglés. En una segunda instancia muy parecida a la simultaneidad vio al viejo que ya se había arrastrado hacia la cornisa. Y, de inmediato, forzó una convicción: *Él no lo mató*.

Cincuenta y cuatro

El sherpa viejo ejecuta una torsión del cuello y mira un momento hacia atrás. Contra la ladera están apoyadas las cosas, la parafernalia logística del montañismo. Mochilas, piolets, picas, arneses, sogas, escaleras, carpas, escudillas de latón, crampones para las botas… Y todo se le revela vano. Más aun: grotesco.

Pero

El inglés no quería caer. El inglés quería seguir de pie.
Como los vegetales. Por eso el sherpa viejo lo vio tamba-
learse como un avestruz con mescalina, abrir los ojos,
cruzar el pie derecho hacia la izquierda, buscar un punto
de apoyo, agitar los brazos. Todo inútil: lo mejor es caer,
pensó el sherpa viejo mientras miraba los cambios de
expresión en la gestualidad del inglés. De la contrariedad
al pánico en tres pasos. El paso intermedio, imperceptible,
menos que fugaz, es el ridículo. Contrariedad, ridículo,
pánico. En ese orden. Primero, un chasquido: contrariedad. Después, una palabra: el ridículo de la oralidad.
¿Qué palabra? ¿Qué dijo el inglés antes de caer al breve
abismo de ocho, nueve metros hasta la saliente? "Pero",
dijo. Quiso oponer un argumento. Trastabillo, "pero".
Sí, pierdo el equilibrio, "pero". Está bien, está bien, me
despeño, "pero". Luego, el pánico.

Cincuenta y seis

Entraba a su casa el sherpa joven, ahora lo recuerda. Se sacaba los zapatos, dejaba la mochila al lado de un sillón, le daba un beso a su madre; la hermana no había vuelto todavía. Ahora lo recuerda. ¿Tiene el sherpa viejo imágenes similares? ¿Tiene un pasado esclarecido donde volver con nostalgia o desasosiego? El joven sí. Ahora lo confirma asomado a la cornisa de la montaña: entraba, se sacaba los zapatos. Dejaba la mochila junto al sillón. Se demoraba frente a una foto, la preferida de su madre. El sherpa joven tenía apenas unos meses en la foto y el padre reía, lo alzaba. La hermana mayor, en segundo plano, se reconcentraba mirándose las manos. Todos llevaban puestos sus abrigos: era en Namche, en casa, la misma casa donde está expuesta la foto. Pero no se veía el paisaje. Las ventanas estaban cerradas. La madre interrumpía la contemplación de la imagen. Le hacía preguntas desde la cocina y él respondía:

—Bien.

No decía nada de su padre.

—Sí, normal.

Ni del recuerdo de su padre.

—No, no nos dieron nada.

De la cocina llegaba también el olor de una cena todavía distante. Al sherpa joven —once años, molicie— se le volvía fatigosa esa parte del día. Ya no tenía nada que hacer. Se paró frente al televisor encendido. Buscó el control remoto reparado con cinta de embalar para que las pilas no se desmoronaran y empezó a los saltos. De canal en canal, la gracia estaba en el encadenamiento de imágenes, en la producción de sentido por contigüidad. Pero su madre era menos dada al sentir fílmico soviético: se asomó desde la cocina, su delantal erosionado por el jabón blanco. Anunció que todavía faltaba para cenar y que iban a tener que esperar a la hermana. Con un gesto, un mudo volver la palma de la mano hacia arriba, demandó la entrega del control remoto. Puso primero las noticias: un avión estrellado, víctimas y familiares de víctimas, y especialistas en cajas negras, pestañas compungidas y micrófonos corbateros, infografías animadas. Ciento siete muertos. El esqueleto del avión, un entorno selvático, la toma desde un helicóptero y la expectativa secreta, morbosa, de que también se desplomara a tierra y sumara cinco o seis cadáveres al *videograph*. La madre se cansó, cambió: un canal de modas, un desfile de ropa interior, música electrónica, luces estroboscópicas. El sherpa joven —once años, saludable transmigración edípica— quedó prendado de la imagen. La madre se fue a la cocina a supervisar algo en sus cacerolas. Él se quedó con la vista sobre la pantalla. Podría haberse pasado horas mirando a las chicas (maduras o prepúberes, explotadas o sobreasalariadas) desfilando por la pasarela, y siempre que una pegaba la vuelta y empezaba a marcharse, aparecía otra igual y tan diferente. A esta se le veían los pezones a través del corpiño y el sherpa joven se llevaba la mano derecha a una ceja y presionaba, trataba de mantener adentro del cráneo algo que pugnaba por salir. No le hubiese gustado que su madre lo viera mirando a esas chicas en el televisor, pero no podía cambiar de canal. Sólo le quedaba escapar. Hacia la cocina.

Encontró a su madre revolviendo dentro de una olla con una cuchara de madera partida en la punta. Se le antojó hundir a él también una cuchara en la comida. Probarla, ahora sí tenía hambre. Pero no había otra cuchara. Se quedó de pie, entonces. Contemplando los círculos concéntricos que trazaba su madre sobre el guiso, respetando la circunferencia de la olla. Y recordó a su padre. Pero de otro modo, distinto. Alcanzó ese punto en el que las ideas pliegan sus bordes y adquieren una nueva naturaleza: son pasibles de ser pensadas en sí mismas. El sherpa joven —once años, martirio— ya podía solazarse en su angustia de huérfano, entonces. Salió de la cocina y volvió hasta donde estaba la foto. Miró de nuevo la imagen del padre alzándolo y entendió que ya podía prescindir de todo aquello que había sido registrado como real, lo abrasador. Porque algo tiene la desesperanza, se dio cuenta. Es cálida, hospitalaria. Pensó entonces en él, o en eso que le pasaba a él, y encontró que esa temperatura y esa salinidad, que antes le daban ganas de llorar, ahora eran un baño termal, una pileta donde abandonarse. El vapor sulfuroso volvía todo ambiguo, la responsabilidad sobre el mundo era más vaga. La imagen de su padre, apenas una excusa para hundir el mentón en las aguas curativas de una añoranza sin referencias.

Cincuenta y siete

Ya terminada la Segunda Guerra Mundial, veinte años después del vuelo financiado por Lady Houston sobre la cumbre del Everest y mientras el colonialismo decimonónico se desgaja hacia nuevas formas de intervención imperial, Inglaterra mantiene su anacrónica obsesión por incorporar el pico más alto del planeta a su vitrina. La Corona le encomienda la misión a John Hunt, barón de Llanfair Waterdine y oficial del ejército de su Majestad. Hunt se toma el trabajo en serio: recluta a montañistas de primer nivel en todo el Commonwealth y parte hacia Nepal. Llega a Katmandú con su equipo y se instala en la embajada del Reino Unido a planear la expedición. Al día siguiente contrata a un grupo de sherpas. Cuando llega la noche, los montañistas se retiran a descansar. Los sherpas le preguntan a Hunt por sus habitaciones. El noble británico les responde que no hay camas para ellos. Que a los sherpas les corresponde dormir sobre el piso, como hacen en la montaña. En señal de protesta, al amanecer siguiente, el grupo de sherpas sale a orinar la vereda antes del desayuno.

Cincuenta y ocho

—Ellos…

El sherpa viejo habla. Ve que el joven asiente pero que no le responde. ¿Otorga el joven en su callar?, se pregunta el viejo. Y vuelve a hundirse en su deriva.

De un lado, una reproducción de Turner, los cantos tibetanos, el parquet lustrado de un departamento espacioso en Ámsterdam, o en Zúrich. Casi todo lo que está mal en este mundo. *"Porteadores", nos dicen cuando están allá, ellos.* ¿Quiénes? Ellos: los visitantes de la montaña. *Ellos: los autoindulgentes visitantes*, piensa el sherpa viejo. Ellos: los que se ven a sí mismos como "montañistas", o "escaladores". Unos pocos, conscientes de sus limitaciones, se agregan un modificador directo, algo adjetival, que reduzca su rango: "montañista aficionado", por ejemplo. O "montañista principiante". Pero, para los sherpas, cualquiera que se acerque a la montaña con intenciones de ascender es llanamente un visitante, un indeseable. Un turista. Eso se da por sentado. *Nosotros somos sherpas, ellos son turistas.*

Cincuenta y nueve

Catorce mil toneladas de nieve y hielo. Dieciséis muertos. Tres días después de la avalancha y el kan runu de Nima Chhiring, los sherpas pidieron a las autoridades nepalesas que suspendieran todo ascenso al Everest durante el resto de la temporada. Desde Katmandú, el gobierno rechazó el pedido. A cambio, los funcionarios ofrecieron a los deudos un resarcimiento económico. Cinco mil seiscientos dólares a repartir entre dieciséis familias: trescientos cincuenta dólares para cada una.

Sesenta

En cambio, si le preguntaran al sherpa joven, si alguien se le acercara, le tocara el hombro y lo arrancara de sus ideas sobre la ingeniería naval y el servicio exterior, él tendría una visión algo distinta. Con otro enfoque. El sherpa joven diría que se ve a sí mismo como agente de una transacción. Un sujeto con cierto saber, al que los legos recurren en busca de asesoría. Un experto que posee cierta habilidad de la que el otro adolece. ¿Como un mecánico o un odontólogo? No. Más bien como un docente, el tutor de una tesis de posgrado, o como una prostituta focalizada en propedéutica sexual. Bajo esta mirada, diría el joven sherpa, aquí se ejecuta un intercambio: dinero por conocimiento. Incluso, yendo un paso más allá, podría elevar su analogía a niveles de religiosidad. Los sherpas serían los iluminados, aquellos que han sido escogidos por su saber, y su obligación es mostrar el camino a los no iniciados, enseñar el proceso de la ascesis, del desvelamiento. En este punto, argumentaría el sherpa joven, el convenio monetario es sencillamente una imposición en la circulación de los dones. Para lograr el ascenso el turista debe pagar, no para cumplir con un requerimiento comercial, sino como penitencia, como pérdida: el precio por acceder a la sabiduría. Si el turista paga es porque en ese desprendimiento pecuniario inicia su derrotero hacia la revelación.

Cumbre

El 29 de mayo de 1953, la expedición de John Hunt finalmente conquista la cumbre del Monte Everest. El barón de Llanfair Waterdine no logra la hazaña en persona. Son otros dos miembros de su equipo los que plantan la bandera del Reino Unido en la cima. Ninguno de ellos ha nacido en las islas británicas. Uno es neozelandés: Edmund Hillary; el otro, sherpa: Tenzing Norgay. La noticia tarda cuatro días en llegar a Londres y compite en las portadas de los diarios con la coronación de Elizabeth II como jefa de la iglesia anglicana y, por añadidura, monarca del Reino Unido de Gran Bretaña e Irlanda del Norte y de los reinos de la Mancomunidad de Naciones.

Sesenta y dos

Si el sherpa viejo escuchase el hipotético soliloquio de su compañero, no se quedaría callado. Insistiría en que la ecuación comercial que se da entre el turista y los sherpas está infestada de asimetrías. Plantearía que el turista, por más que pague fortunas, lo hace bajo un prisma tal que condena a los sherpas a la cosificación. El sherpa viejo se ve a sí mismo más como un artefacto. En los términos de la economía clásica, el sherpa no es ni demanda ni oferta, sino mercancía, insumo transable; bien de capital a lo sumo. Somos tractores, diría el sherpa viejo. Maquinarias capaces de realizar mejor y más rápido el trabajo humano. Peor aun, diría: somos maquinarias previas a la Revolución Industrial. Somos animales. El turista nos reduce a la animalidad.

Y, entonces, el sherpa viejo le recomendaría a su joven colega detenerse un momento en la cara de los turistas cuando vuelven de la cima de la montaña. Le recomendaría que –él que puede, él que sí los ha visto allá arriba de todo– recuerde ese instante en que los extranjeros comprenden que han superado el ascenso improbable y ahora pueden dominar el orbe desde los ocho mil ochocientos cuarenta y ocho metros. Porque es entonces, explicaría, que los turistas se convencen de que han demostrado su heroísmo. Los extranjeros que llegan a la cumbre creen que han superado al promedio de la especie y, al menos por un momento, se ven a sí mismos como semidioses. Celebran, se abrazan, se sacan fotos (porque siempre se sacan fotos, siempre recaen en el narcisismo, siempre rebajan la fenomenología al nivel del *souvenir*).

Mientras tanto, los sherpas aguardan al costado, sin distinguir demasiado entre ascenso y descenso; sólo agradeciendo calladamente que ninguno de los palurdos se haya quebrado una pierna durante la expedición. Para ellos, para los turistas, somos animales de carga, diría el viejo. Criaturas capaces de hacer con relativa soltura aquello que para los seres humanos constituye una proeza. Nos ven como mulas, seres con una estructura ósea preparada para acarrear grandes pesos. A ellos les parece lógico que el sherpa haga cumbre. Tendrían que pensar que somos titanes, deidades con poderes inalcanzables por los humildes mortales. Pero no. Cuando llegan a la cumbre los héroes son ellos. Y son ellos quienes han alcanzado la gloria del montañista, el —así llamado— milagro de la autosuperación. El hecho de que el sherpa haya acometido la misma labor no una, sino tres, cinco, diez veces les parece algo natural, del mismo modo que les parece natural y poco meritorio que un elefante arranque un árbol de cuajo.

Lo cierto es que nadie le pide su opinión al sherpa viejo, nadie le toca el hombro y lo interpela. Lo cierto es que estos argumentos no dejan de ser apenas una elucubración, un murmullo introspectivo que se proyecta hasta que es interrumpido por una voz jovial:

—¿Nos levantamos?

La jura

Última foto del padre. Fue tomada unos meses antes de la caída del montacargas. La ampliación ha sido pegada sobre un paspartú y expuesta en la pared. Ahí está la familia. Todos amontonados en una insignificante porción central del encuadre, como si hubiesen tenido miedo de no salir. En uno de los ángulos superiores, una nube proyecta su sombra sobre una parte del pasto, pero no donde está ubicada la familia sino mucho más atrás. Mamá de pie, con una túnica clara, sostiene en brazos a su hijo menor, que mira con ojos ávidos algo situado más allá del lente de la cámara. Mamá le señala al sherpa joven eso que capta la atención de ambos, pero que ninguno de los dos podría recordar ahora. Debajo, en línea recta, está papá en cuclillas con la boca entreabierta, como si estuviera en mitad de una frase. Sus antebrazos sobre los muslos y la mirada ladeada hacia la izquierda, donde la hermana mayor del sherpa joven, con seis años recién cumplidos, tiene la vista clavada en el piso.

—Un cascarudo —responde todavía hoy la hermana si le preguntan qué miraba tan preocupada.

En ninguna de las fotos exhibidas en la casa del sherpa joven se ve la montaña. Ni el Caterpillar que durante más de una década usó el padre para quitar, por disposición municipal, la nieve de las calles de Namche. El motor de ese Caterpillar, el sonido de ese motor familiar y lúgubre, vuelve a la memoria auditiva del sherpa joven ahora, en la montaña, mientras se pregunta: ¿tiene una naciente el viejo, tiene un curso, una desembocadura? ¿O es como un océano y se limita a variar su altura según los caprichos lunares? Él sí que tiene origen y expediente. Hitos y fechas clave.

El día de la jura de lealtad a la bandera de Nepal, por ejemplo. Camina hacia la escuela el sherpa joven —diez años, ni ansiedad ni melancolía sino tedio de lo impermanente—. Sin desayuno casi: el té estaba primero demasiado caliente y después ya intomable. Ahora le parece que tiene hambre; lo corroboran los gruñidos ventrales, las secreciones ácidas trepanando los órganos internos. Entra; casi ni responde los saludos de los compañeros, ni los empujones, ni las malas palabras que ahora volvieron a ponerse de moda; desde hace tres años que no escuchaba tantas malas palabras en la escuela.

De repente todos los demás se van. Los que tienen doce, los de siete, los de ocho años. Todos entran a las aulas. Pero ellos no: ellos permanecen. Va a empezar el acto. Así, sin preámbulos. El sherpa joven sigue la fila, arrastra los pies.

Sobre un mástil, la bandera de Nepal. Único pabellón patrio del mundo que no es rectangular. Un orgullo, una proclama, una extravagancia en dos triángulos encimados, geometría roja con vivos azules y símbolos dinásticos. Puro ecumenismo visual para unir, bajo un mismo Estado, a hinduistas y budistas. Ahí está esa rareza, esa disforia en el horizonte de acontecimientos. Sirve igual. Se puede izar, y hasta flamea un poco si hay suficiente viento; no deja de ser una bandera. Y se puede dibujar, lo que facilita la vida del sherpa joven. No como el escudo nepalí, y su irreproducible motivo: el Everest circundado de flores rojas de rododendros y la silueta del territorio doméstico, con su contorno absolutamente blanco, al punto que parece más bien un desprendimiento de nieve, un alud a punto de caer sobre dos manos, mujer y hombre, que se estrechan sin sensualidad. Abajo del escudo, el lema de Nepal grabado en sánscrito: "La madre y la patria son más grandes que el Reino de los Cielos". Nacionalismo exaltado y Edipo anunciando —voz en cuello— su amor desmedido por Yocasta.

La ceremonia de jura ocurre sin que el sherpa joven se dé cuenta. Hay, sí, un mantra nacionalista que susurra mirando para abajo. También hay un entorno: compañeros, cuerpo docente, padres, fotos que terminarán en el tráfico hacia la Red, maledicencia... la democracia del goce. No quiere ver eso. Prefiere el automatismo de recitar lo aprendido, vaciarlo de sentido; clavar las pupilas en la punta de sus botas.

Pero en algún momento va a tener que volver a mirar algo que no sea el suelo. Adelante, a los costados. Arriba, al menos: los dos triángulos rojos flameando al viento del este, la cordillera detrás, el cielo sin nubes. Y en ninguno de esos puntos va a encontrar a su madre, que ya está atendiendo con diligencia el mostrador de Atención al Turista de Namche. Tampoco a su padre, único morador del Reino de los Cielos, ese *topus* uranus nepalí, monoambiente platónico más reducido que una madre y una patria, pero de todos modos inaccesible. ¿Es así?, ¿hasta allá arriba cayó su montacargas?

Sesenta y cuatro

¿Con quién discutió el inglés antes de perder el pie definitivo y precipitarse una decena de metros al vacío, ni de espaldas, ni de bruces, sino más bien de costado, como esas nadadoras de Hollywood que se van arrojando de manera secuencial a la pileta, sonrientes, mirando la lente de la cámara, animando una coreografía trunca, sólo extensible en la sala de edición? ¿A quién le dijo "pero" el inglés en el último instante en que sintió que podía mantener el equilibrio? ¿Quién fue el destinatario del eco astringente de esas tres letras sajonas pronunciadas sin estridencias, en voz baja, como si formaran parte de un diálogo íntimo, murmurado?

El sherpa viejo, único testigo auditivo de esa última palabra ajena, tiende a pensar que se trató de un mensaje trascendente, una súplica, un ruego surgido de la súbita desesperación de un hombre que cae. Pero bien podría haber sido una conversación interna. Un mensaje intra-corpóreo: una pierna que le habla al hombro, o un órgano subcutáneo, supongámoslo enzimático, que comprende de modo repentino que todo el sistema está siendo amenazado y presenta su queja ante el Comité Central: "Pero…".

¿Por qué la montaña?

¿Por qué la montaña? ¿Por qué no la estepa o los humedales? ¿Qué atrajo al sherpa viejo hasta la cordillera, siendo que él, nacido lejos de todo, podría haber elegido el trópico o la tundra? Algo tuvo que haberlo convocado desde la alta montaña. Posiblemente la obscena concentración de rocas antes que la nieve. La dureza más que la altura. La masa antes que la intimidad atmosférica. Además, quería alejarse del mar.

El sherpa viejo vivía en una ciudad. Avenidas y calles peatonales, morbilidad fuera de control y escaso planeamiento urbano. Vivía tranquilo el sherpa viejo en esa metrópoli con índices de siniestralidad muy por encima de todo recato y desigual distribución del excedente. Tenía un título universitario, una rutina: trabajo, consumo, descanso, divergencias. Tenía la Red, tarifa plana. Sus padres eran comprensivos; sus amigos, hospitalarios. Vivía solo. Cómodo. No era pobre, ni estaba muy enfermo. No pertenecía a una secta, no creía en todas las conspiraciones, ni estaba adormecido de forma permanente. Claro: era joven el sherpa viejo.

Decidió irse de vacaciones un día. A la costa, una península balnearia, buscó el sol, el mar. Ni él sabe por qué. Compró el pasaje, armó la valija, se subió a un ómnibus con asientos mullidos. Llegó, pasaron días –pocos días–, conoció a Coneja, conoció al esposo de Coneja, escuchó sobre la guerra. Decidió irse lejos. Se transformó en un *flâneur* resentido del mundo. Unos años después se asentó. Eligió el Himalaya el sherpa viejo.

Los primeros días en la costa fueron perfectos y decepcionantes. Sol, playa, mar, otra rutina: el retablo idílico y su elipsis sobre el salitre en la ingle, la arena en el cuero cabelludo y la insolación. Era despertar y el desayuno soñado: cafeína y farináceos imponiendo la inercia del hábito sobre la oferta de frutas y cereales, de lácteos, huevos y fiambres. El hotel, su buffet, sus fastos.

Recién cuando daba por amortizado el costo de esa cuarta parte de pensión, el sherpa viejo se retiraba otra vez a descansar. Una siesta prematura: dormía desde el mediodía hasta las tres de la tarde. Tres y media. Las cuatro, como máximo. Entonces se cambiaba y se iba a las playas de la península. Intentaba no repetir balneario. Cada día un paisaje nuevo. Similar, ridículamente similar. Pero nuevo. Lo que no variaba era el equipamiento: apenas una toalla, los anteojos de sol en su estuche –para guardar el dinero–, las ojotas, una remera, el traje de baño, un libro.

A quince metros de la orilla, se tiraba sobre la arena. Leía acostado boca arriba. El libro sostenido de modo tal que la sombra proyectada evitase el encandilamiento solar. Alternando los brazos, claro. Dos páginas con el izquierdo; tres con el derecho. Leía, entonces, media hora, cuarenta minutos. Después se daba vuelta. Se sacaba la remera, improvisaba una almohada. Tenía aún capacidad para dormitar quince minutos más. Se despertaba y se metía al mar. No mucho tiempo. Un rato: lo que tardase en descubrir que el entorno le resultaba indiferente, cuando no desagradable. Los chicos y sus gritos agudos, su egotismo; esos hombres adultos y su fingida despreocupación de temporada, esa alienación relajada del verano; los ancianos y la inminencia. No mucho tiempo más. Las mismas olas lo empujaban fuera del mar al sherpa viejo, que caminaba de regreso a su toalla, a sus ojotas, sintiendo capas de protección, todas ellas justificadas y todas falsas: aislamiento, excepcionalidad, autocompasión... El tejido adiposo de la conciencia.

Y así, ¿cuánto? ¿Tres, cuatro días? Una playa distinta cada vez. Dormir, desayunar, dormir, playa, leer, dormir, mar, dormir... ¿Comer? Apenas: se arreglaba con poco, el sherpa viejo. Así que compraba algo liviano en la despensa antes de volver al hotel y eso era la cena. Un yogur. Descremado. O menos. Dormir, playa, dormir, mar, dormir, yogur, leer, dormir, desayunar, dormir... Y así, ¿cuánto? ¿Tres, cuatro días en que el sherpa viejo se sintió a salvo? ¿Cuánto hasta que aparecieron las mujeres?

Negación, solitud. En el quinto o cuarto día, al sherpa viejo se le ocurrió mirar a las mujeres de la playa: púberes, adolescentes, jóvenes estudiantes universitarias, madres primerizas, mujeres maduras, curtidas ancianas que le sostenían la mirada unos segundos antes de hundirse en el oleaje. Mujeres caminando ya cerca del atardecer por las playas de la península. Era joven el sherpa viejo: onanismo, angustia. El momento en que la superficie del lago congelado se agrieta y el crujido.

Porque una vez que pasaban las mujeres caminando, ya cerca del atardecer, sobre la arena, los chicos no gritaban más sus clamores destemplados presos del capricho más atrabiliario, sino que eran frágiles y había que morderse los nudillos para aguantar las ganas de salir corriendo a su lado, y sentarse en las dunas, abrazarlos y mantenerlos alejados de las corrientes marinas, de sus monstruos escamados, sus profundidades, la oscuridad abisal, los calamares gigantes y sus fuerzas tentaculares que les arrebatarían todo lo que tienen de potencia, de trascendente. Una vez que las mujeres pasaban y le sostenían la mirada unos segundos antes de zambullirse en la espuma del oleaje estival, los adultos ya no lucían falsamente desentendidos, sino fraternos en su desesperación, víctimas también ellos del triturador entrechocar de los engranajes, compañeros de perdición con quienes compartir remos en la barca de Caronte. Eso traían las mujeres que pasaban y se dejaban mirar, esas mujeres que sostenían la mirada unos segundos: un nuevo sentido de pertenencia, una pulsión solidaria de la que no era posible sustraerse, que convertía la finitud inaplazable de los viejos en abrigo, mantas e infusiones calientes, en adoración por sus manos encallecidas y sus ojos hundidos debajo de las cejas, en conciencia del legado, en la construcción de una estirpe que se fundiese en la universalidad. Todo eso traían las mujeres: hipérbole y ahuecamiento. Eso traían si se dejaban mirar o miraban, si sostenían la mirada esas mujeres púberes, esas ancianas sólidas, esas jóvenes unos segundos antes de zambullirse en el agua salada, en esos días, esos primeros días de unas vacaciones hasta entonces perfectas y decepcionantes.

Pasaban las mujeres por la orilla del mar como los hunos. Pasaban y dejaban el campo arrasado. Pasaban las mujeres, que miraban, o sostenían la mirada un instante antes de sumergirse. Pasaban y el sherpa viejo, aún joven, se sentía poca cosa, se sentía casi nada; se miraba los tobillos apenas rozados por algas sombrías. La tenue corriente que vuelve, la arena húmeda y su aspereza. El regurgitar de la masa oceánica: el reflujo. Pasaban las mujeres y el sherpa volvía.

Despacio. Arrastrando las plantas de los pies hasta ese punto indeterminado de la península donde había dejado toalla, libro, anteojos de sol, estuche, dinero, ojotas, remera. Volvía, atrás el mar, a sus espaldas, la cabeza gacha, ya sin ver a nadie, aterrado de sí, pero más de esas mujeres que pasaban, que se dejaban mirar y miraban, que disfrutaban mirando y siendo miradas; aterido y empapado, con un terror pasivo y absoluto, un terror inconsecuente para el mundo; volvía abismado en ese terror autónomo, en el solipsismo de ese terror con destino de agujero negro. Volvía unos metros, no muchos, los que lleva caminar desde el borde de las olas hasta la toalla, con la mirada en la arena, sin levantar la vista; no le importaba ya mirar a nadie, ni la incomodidad del traje de baño mojado y sus fricciones, ya no le importaba si las páginas del libro se arruinaban con las gotas que caían desde el pelo. Sólo volver desde el mar hasta esa isla ilusoria demarcada con cinco o seis posesiones. Una remera devenida almohada insuficiente, anteojos de sol, un libro, dinero, ojotas. La abstracción de un territorio delimitado para sí entre los médanos y el horizonte. Volvía a la legislación de esa escasa patria fundada sobre la arena, donde podía arrojarse sobre la toalla: estandarte o bandera, o ciudad capital quizá, de ese país estéril adonde el sherpa viejo, que todavía no era sherpa ni viejo, podía volver siempre y cada vez más hastiado de la autoconmiseración, ese vicio.

La cara contra la arena de la playa. El calor que se disipa. Primero en el aire. Después en el propio cuerpo. Por fin, en la arena: en sus cristales, en los minerales pulverizados. La extinción de la luz solar, paulatina; otro ciclo circadiano a la medida de la senilidad. Ancianos japoneses deslizando puertas de papel de arroz. Hasta que es de noche, o hasta que –al menos– la noche puede decirse. Y ya no tiene caso ocultar la cabeza en la arena. El orden cósmico le dice al sherpa viejo que es hora de irse, dejar la playa, buscar otro hábitat. Le dice que el día ha agotado su fulgor y es tiempo de refugiarse: sábanas, aire acondicionado, tabletas celestes contra los mosquitos. El libro, si la frustración diurna no agobia, puede acompañar. Leer cuarenta, sesenta páginas y reemprender el sueño. Pero antes habrá que pasar por la despensa. Abastecerse de lo imprescindible para llegar al próximo desayuno en el hotel. Comprar un queso blando. Tres fetas de algún fiambre en oferta. Menos, menos que eso. Lo estrictamente imprescindible. ¿Agua mineral? Menos, menos: hay un vaso de vidrio en el baño del hotel y una canilla generosa de la que mana agua turbia, pero ¿qué tan turbia puede ser el agua y que tan dañina puede ser la turbiedad de una canilla tan generosa junto al vaso de vidrio del baño del hotel?

Así que va el sherpa viejo: camina por las calles menguantes de la península hacia una despensa. En ojotas va. Antes –mucho antes– de que la montaña lo convocara por su volumen, por su masividad. Antes de esa fuga orográfica, de esa puesta en pendiente del Himalaya, camina el sherpa viejo hacia la despensa: un yogur con cereales. Menos, menos: una fruta carnosa, apenas la rodaja de una fruta estacional. Lo imprescindiblemente estricto. Ni siquiera debería ir, siente el sherpa viejo. Si en once horas puede despertarse y desayunar. No falta nada. Pero ya está lanzado y le cuesta detener ese movimiento inercial: tomar una decisión, otra, contraria. Es preferible pasar, entonces, por la despensa y comprar lo mínimo, lo superfluo. Menos: un carretel de hilo blanco para coser. Menos, menos: un hisopo, si vendiesen los hisopos sueltos.

Llega a la despensa el sherpa viejo: va directo a la heladera de los lácteos. No saluda, no se distrae. Elige un postre de chocolate. Levanta la vista. No hay nadie. Ni cámaras de seguridad. En la soledad del pasillo, resuelve ser provocador. Saca los productos de los estantes y dilata sobre ellos su mirada, como si realmente estuviese pensando en aprovechar un descuido para ocultarlos y robar. Pero no hay nadie que lo mire ni que se deje mirar, o disfrute mirando, y por eso vuelve a poner cada cosa en su góndola. Porque no hay nadie.

Excepto ella. Ahí, junto a la caja registradora, sentada sobre una banqueta alta, desvencijada. El sherpa viejo lo sabrá después: se llama Coneja. Está llorando.

Sesenta y seis

—¿Nos levantamos? —escucha el sherpa viejo en el exacto momento en que, contemplando la figura del inglés caído, creía ya que nunca encontraría el modo de conjugar sus ansias de igualitarismo y su misantropía. Por eso responde:
—Sí.

Heathrow

3 de julio de 1953, aeropuerto de Heathrow. Es verano en Londres. Los fotógrafos inmortalizan la llegada de los próceres del Himalaya. El neozelandés Hillary lleva corbata y un traje claro, a la moda, ajustado, con tres botones, pero sólo uno abrochado. El sherpa Norgay, una camisa arremangada, el cuello abierto, y una bandera británica en la mano derecha. La levanta y sonríe. Es difícil encontrar una foto de Norgay en que no sonría. Siempre dispuesto, siempre leal. En la última etapa del ascenso, le salvó la vida a Hillary. Y ahora los dos avanzan por la pista del aeropuerto londinense. Dignatarios y personalidades los saludan, los felicitan. Al neozelandés lo nombran en ese mismo momento Caballero comendador de la Orden del Imperio Británico, la primera de las siete distinciones que el Reino Unido le dispensará durante los años siguientes. A Norgay le dan una medalla con la efigie del rey Jorge IV, el tartamudo.

Sesenta y ocho

Desde que cumplió los diez años y hasta los catorce, el sherpa joven escuchaba todos los domingos las transmisiones de la Liga Nacional en la radio. De los nueve equipos que conforman la asociación de fútbol nepalí, él tiene favoritismo por el Tres Estrellas, "Los Patanes" de Lalitpur, y por su camiseta azul cobalto. Después, en los atardeceres de primavera y de verano, salía a la calle para jugar a la pelota bajo el influjo de los resultados de la fecha. A veces con un par de amigos, pero también solo, o con las paredes de las casas. Incluso, de vez en cuando, con algunos de los europeos que por alguna razón incomprensible creen que jugar al fútbol con un niño nepalí en medio del Himalaya es una experiencia sublime. Ahí los turistas comprenden que, por imperio del plano inclinado, no es fácil negociar con la esfericidad cuando se vive en la alta montaña. Pero el sherpa joven siempre fue un niño perseverante. Aún lo es.

¿Y alguna carrera más vinculada con el hábitat?, se pregunta ahora. ¿La planificación urbanística, el voluntarista cuidado del medioambiente? Siempre estuvo muy atento al entorno, sus profesores no se cansan de alabar su curiosidad, su conexión con el mundo exterior. De

hecho, ahora mismo su foco se desplaza de la incerti-
dumbre vocacional hacia lo inmediato: el inglés y su
permanencia sobre esa saliente, fatal o providencial, en la
ladera sur de la giganta.

Sesenta y nueve

«¿Deja Shakespeare algo librado al azar? Nuestro Flavio interpela al primero de los ciudadanos: ¿cuál es tu oficio? "Carpintero", le responde el hombre. Y es entonces que Marulo lo reprende por no llevar encima el mandil de cuero y la escuadra, las insignias de su profesión. Luego aparecerá el zapatero remendón con sus irritantes juegos de palabras. Pero no quiero ir tan adelante. Me interesa que nos detengamos en ese primer ciudadano, que sólo pronuncia una palabra en toda la obra: *carpintero*. ¿Carpintero? Desde ya, el autor podría haber optado por cualquier otro oficio: los había por cientos tanto en la Antigua Roma como en la Inglaterra isabelina. Podría haber dicho tabernero, vendedor de esclavos, liberto o sastre. Pero Shakespeare elige la carpintería. ¿Es un detalle menor?

Hay una única dinastía de carpinteros célebre en la historia de la literatura: José y el hijo de su esposa María. ¿Es casual que los propios José y María hayan sido perseguidos por este mismo imperio que Flavio y Marulo representan en la primera escena de *Julio César*? Quizás sí. O tal vez el dramaturgo nos esté señalando un punto: no es la primera vez que los agentes de Roma, detentores del poder político-militar, y los funcionarios del Templo, administradores del saber exegético, desprecian a quien porta un mensaje trascendente. Hay que recordar que siendo Jesús todavía un adolescente ya se ponía a predicar en forma de parábolas frente a la sinagoga, y los entendidos en la Ley se sorprendían de su sabiduría, para descalificarlo de inmediato. "¿No es este el hijo del carpintero? ¿De dónde, pues, saca todas estas cosas?", se preguntaban los rabinos en el Evangelio de Mateo.

Una sola palabra dice el primer ciudadano: *carpintero*. Y es la Palabra del Señor. ¿Lo sabe nuestro Flavio? Sí, en tanto personaje de una tragedia escrita en el siglo XVI. No, en tanto tribuno romano distante de la agitación de la Judea del siglo I. Esa ambigüedad, ese saber y no-saber de Flavio, joven actor, debe resumirse en un gesto. ¿Cuál? No me preguntes a mí: ese es tu arte».

Setenta

El sherpa joven no termina de definir cómo debiera sentirse frente al cuerpo paralizado del inglés. Por un lado, no tiene ni un ápice de culpa. No hay modo de que tenga responsabilidad en el desmoronamiento del inexperto. Y, sin embargo, en un punto profundo de su conciencia, casi inaccesible, percibe que manifestar una absoluta indiferencia también sería incorrecto. Pero no siente tristeza, ni consternación. Casi no conoce al turista que ahora yace con su cabeza apuntando al oeste. No hay vínculo emocional, no hay ansiedad. Su profesionalismo queda fuera de todo cuestionamiento. El estupor sería improcedente: es el Everest; la gente cae todo el tiempo. Entonces qué. No sabe. No se le ocurre.

Si le preguntara todo esto al sherpa viejo, la respuesta sería que ante la desgracia ajena lo usual es la misericordia. Un sentimiento pasivo, que en nada colabora, que nada aporta más allá de cierta tibia identificación con el sufriente. El grado cero del espíritu gregario. Reconocer en la catástrofe del prójimo la propia limitación y compadecerse de la especie. Otra palabra clave: *compasión*. Otra: *piedad*. Pero ninguna de estas posibilidades es evaluada por el sherpa joven. No es que las deje de lado: directamente no se le ocurren. Tiene un temperamento demasiado pragmático. Y es joven. Se sienta de nuevo (estaba parado) y vuelve a señalar el precipicio. Sin mirarlo, le pregunta al sherpa viejo:

—¿Y si bajamos nosotros?

La idea es estúpida. Lo sabe el sherpa joven, lo sabe el sherpa viejo, lo saben todos. Un riesgo innecesario. Distinto hubiese sido si, en lugar de tres, la expedición contase con cuatro integrantes, o doce, o quince como es lo habitual. Ante cualquier reiteración de la desgracia, aún quedarían dos (o diez, o trece) en pie. Uno para permanecer, otro para buscar ayuda. De todos modos, el sherpa viejo no le responde enseguida. No es que evalúe la posibilidad de intentar un descenso de rescate. Eso está descartado. Se toma un instante para pensar la mejor manera de decirle a su compañero que la idea no tiene sentido. Por eso se demora unos segundos, durante los cuales recobra protagonismo el silencio de la montaña. Si es que puede llamarse silencio al zumbido atronador de cientos de turbinas del inframundo soplando aire helado entre las cumbres del Himalaya.

—No —responde al fin el sherpa viejo—. Porque si yo me quedo acá…

—Cierto —interrumpe el sherpa joven—. Mejor no.

Huelga

La asamblea sherpa, congregada en el Campamento Base del monte Everest, rechazó el 21 de abril de 2014 la indemnización de trescientos cincuenta dólares ofrecida por el gobierno de Nepal. "Hemos decidido suspender todas las tareas de escalamiento por lo que resta del año para honrar a nuestros hermanos caídos", anunció el vocero de los sherpas. Simultáneamente, el Ministerio de Cultura, Turismo y Aviación Civil prometía que "las actividades de montañismo se reanudarían con toda seguridad en un par de días". Desde el Everest le respondieron: "De ninguna manera, esta es la primera huelga sherpa de la historia".

Ese mismo día, los delegados de los sherpas enviaron al gobierno una lista con trece demandas. Entre otros puntos, reclamaban un aumento en sus honorarios, una revisión del sistema de seguros de vida y un fondo de contención social para emergencias financiado con un porcentaje del canon que Nepal cobra a los montañistas por cada ascenso. También exigían que en Katmandú se levantara un monumento en homenaje a los dieciséis muertos. El Ministerio recibió el petitorio. Sólo accedió a esta última demanda: prometió levantar un mausoleo. La huelga, por supuesto, siguió adelante.

La oscuridad del día

Coneja es algo nuevo en el paisaje. La despensa no. La despensa peninsular es territorio conocido. Han sido suficientes cuatro, cinco días, perfectos, decepcionantes, para anexionar los estantes de los bronceadores, los cajones de las frutas −su escuadrón de moscas de ojos verdes o tornasolados−, el exhibidor de los preservativos, el termosellado de las botellas de agua mineral hermanadas en cardúmenes de media docena sobre las baldosas... Ya estaba explorada la circunscripción de esta despensa, sus setenta y cinco metros cuadrados, en los que el sherpa viejo se presentaba invariable después del atardecer, desde hace seis, cinco, cuatro días, para proveerse de algo liviano, un yogur descremado, o menos, menos que eso: una fruta de verano, media bolsa de pasas de uva, un tubo de pasta de dientes para aeropuertos. La despensa era terruño adquirido, casa adoptiva, referencia estable en su rutina vacacional. Estaba siempre ahí, en el mismo sitio, leal, previsible: puertas abiertas, iluminación de tubos fluorescentes, halo refrescante de heladeras sin puertas. Todo eso, de un modo artificial pero no menos concreto, ya le pertenecía al sherpa viejo.

Coneja no.

Hasta esa noche, la caja registradora había sido gestionada por un hombre hosco, monosilábico, de bigotes grises. Habían sido suficientes cuatro, cinco días, tal vez menos, para habituarse a ese hombre, como quien se acostumbra a un nuevo semáforo en el recorrido cotidiano. Un hombre que no causaba problemas, que no confundía el vuelto, que no se distraía en conversaciones casuales con nativos ni con turistas. Alguien olvidable. Eso le gustaba al sherpa viejo. Cuando conoció a Coneja se dio cuenta de que le gustaba eso del hombre ausente: la insipidez. Jamás se le hubiera ocurrido al joven sherpa viejo preguntarle su nombre al cajero de los bigotes grises y la mirada hundida. Ni dedicar tres segundos al cálculo de su edad, por ejemplo. O a elucidar si era dueño o empleado de esa despensa de setenta y cinco metros cuadrados. Esa noche entendió que ese acuerdo tácito entre ambos los mantenía alejados y felices. Cada uno confortable en la ignorancia del otro.

En cambio, Coneja estaba llorando. Sonora.

El llanto de Coneja como desvío. Coneja y su desahucio. Aunque también podría pensarse que todo trayecto encierra ya, de modo latente, la posibilidad de sus desviaciones. Que nunca son aleatorias. Que tampoco están predestinadas. Son larvales, sí. Están agazapadas en sus capullos embrionarios. Flotan, fetales, en la huella del devenir amniótico. A la espera de un catalizador. El llanto de Coneja, por ejemplo.

¿Por qué llora Coneja?, se pregunta el sherpa viejo mientras estudia la caja registradora a la distancia. Desde el estante donde se apila el pan lactal, el sherpa viejo mira a Coneja que llora, y se pregunta por qué. ¿Por qué llora tanto? ¿Acaso importa? ¿No debiera preguntarse antes si es pertinente (o mejor: conducente) el motivo de su llanto? ¿O lo importante es que llora y punto? Sí sabe cómo llora: sin consuelo. Sin dique, aunque con algo de pudor. Los codos apoyados sobre el mostrador de la caja, los omóplatos y sus espasmos, la cara semicubierta por la palma de las manos que sostienen la cabeza desde la frente. La mirada perdida sobre el estaño. Cuando alguna lágrima o alguna mucosidad cae desde Coneja (y caen varias) es atravesada por los rayos láser del lector de códigos de barras. Una franela debería cubrir esa emisión de haces rojos, coherentes. Como las que se usan para limpiar el tablero del coche. O para lustrar un mueble de estilo. Un *secretaire* Luis xv, una cómoda Chippendale. Pero ha quedado mal plegada la franela. Arrugada, inútil. Hecha un bollo sobre la carcasa del lector. El sherpa viejo lo nota desde la distancia de la góndola de los panificados y se pregunta: ¿por qué llora tanto que no puede siquiera tapar con la franela los rayos láser que atraviesan las lágrimas que caen, varias, sobre el mostrador de estaño de la caja registradora? ¿Por qué?

El sherpa viejo, que todavía es joven, que nunca ha pisado el suelo de Nepal ni ha padecido el ansia de la cumbre, que jamás ha guiado a nadie en un ascenso, tiene que tomar una decisión.

Una primera alternativa es devolver el postre de chocolate a la heladera de los lácteos y salir de la despensa en silencio. Sin molestar. Escapar del llanto de Coneja. Buscar otro negocio, un kiosco tal vez, o aquel otro supermercado más lejano, más amplio, y comprar ahí la cena, que no es una cena en el sentido cabal de la palabra, sino un tentempié, algo que le permitirá dormir de corrido hasta que la mañana anuncie que es hora de desayunar copiosamente. Eso: mañana será otro día. Podrá volver mañana, entonces, sí, otra vez, a esta despensa, la suya, la que ha hecho propia en cinco, cuatro días de vacaciones, y comprar, mañana sí, la cena en la heladera de los lácteos. Un yogur descremado. O menos: un vaso de leche.

La segunda opción es esperar. Quedarse inmóvil junto a los paquetes de pan lactal y esperar. En algún momento, se le ocurre al sherpa viejo, el llanto de Coneja se detendrá. ¿Por qué no? No tiene ningún apuro. Y hay algo hermoso en esa forma de llorar. O en ella. O en ambas cosas, si es que ella –Coneja, la mujer– puede ser cosificada, o más bien reificada un instante para ponerla en serie con su llanto. Esperar, entonces. Mirarla y aguardar a que termine, a que se desahogue, a que vacíe su angustia, su desolación. Recién entonces, cuando Coneja esté recompuesta y haya secado sus lágrimas en un pañuelo descartable, se haya sonado la nariz y recuperado el ritmo de la respiración, recién entonces, sí, caminar los ocho o diez metros que lo separan de la caja registradora y entregar su postre de chocolate. Pagar. Quizás una mirada empática. Y salir.

Podría ser también una posibilidad, una tercera posibilidad, caminar hasta la caja registradora despacio, con cautela. Una leona acercándose al ñu que lame la orilla del estanque nocturno. Apoyar con delicadeza el postre sobre el estaño. Esperar lo que hubiese que esperar hasta que Coneja deje de llorar. O al menos hasta que los ojos dejen de estar hundidos en las palmas de las manos y ella levante la vista enrojecida. Y entonces, sí, preguntar: "¿Estás bien?".

Pero el sherpa viejo no espera a que termine el llanto de Coneja. Ni la mira empático, ni escapa en silencio y deja la despensa atrás. Por supuesto, el sherpa viejo no se acerca sigiloso a la caja registradora ni enfrenta a Coneja, la mirada irritada y los derrames en el blanco de los ojos. Menos que menos, el sherpa le pregunta si está bien, si necesita algo, si puede ayudarla… En cambio, decide fingir naturalidad. El peor artificio. El sherpa viejo, en la flor de su juventud, resuelve actuar como si nada ocurriese. La

puesta en escena de la normalidad. Encuentra una justificación el sherpa viejo, claro. De algún modo, presiente
el estrago que se avecina y busca argumentos. *No es que
sea indiferente al dolor, no es que su tristeza no me conmueva…
Todo lo contrario: busco la manera de respetar escrupulosamente
la intimidad de su catarsis*, se convence.

Recorre los ocho, diez, once metros hasta la caja
registradora y entrega el postre de chocolate como si
nada excepcional estuviese ocurriendo. Como si llorar,
incluso así, de la manera en que llora Coneja, con una
congoja irreparable, como el sherpa nunca vio llorar
antes, fuese una posibilidad ordinaria en la tómbola de
las reacciones humanas. Como si no hubiese nada que
remarcar, ni enfatizar. Entrega el postre de chocolate,
observa su tránsito frente al lector de códigos de barras
y busca el dinero en el estuche de los anteojos de sol.
No se apura. Paga, sin que esto implique la evitación de
Coneja. No, no. *Todo lo contrario:* la mira el sherpa viejo.
La ve moqueando, limpiándose la nariz con la manga de
su delantal azul. Ve su intento de componerse, el sollozo,
el papel tisú húmedo y arrugado entre los dedos. Como
si nada ocurriese. Recupera el postre, entonces. Rechaza
la bolsa de nylon verde. La saluda:

—Chau.

Se marcha. Da dos, cuatro, cinco pasos. Se detiene y
regresa al trote:

—¿Cucharita no tendrías, no?

Es un poco grande la cucharita. Al menos en relación al
envase del postre. ¿Llorando por qué estaba? ¿Y por qué
de ese modo? ¿Quién puede llorar así? ¿No era también
desmesurada la manera? Está fresco. Ya se le va a pasar, piensa
el sherpa viejo. Lo que sea, ya se le debe haber pasado.
Se dice que estuvo bien, que para qué la iba a molestar.

171

Todos esos bichos que revolotean alrededor del alumbrado público, ¿qué hacen durante el día? ¿Son polillas? ¿Todas son polillas? ¿Las mismas polillas que comen la ropa? El sherpa viejo piensa que no sabe nada. En serio, se pregunta: ¿qué podía hacer él? Estaba fuerte el sol en la playa. El mar debe estar tibio ahora, esta noche. Regulador de temperaturas. Como el llanto. ¿No es regulador de temperaturas también el llanto? ¿No devuelve todo a su equilibrio? ¿Y si cambia el rumbo hacia la playa y se mete al mar ahora, que no debe haber nadie? Pero llorar así: era linda, ella, la cajera. Llorando y todo. ¿O era linda porque estaba llorando? Pero después el frío, nadie que le alcance la toalla, piensa. Hay viento además. Al lado del mar siempre hay viento. Mejor al hotel. Postre y leer algo, quedarse dormido. ¿Tendría que haberle dicho algo?, se pregunta. ¿Y si lo tomaba a mal? Ducharse. Unas cucharadas del postre primero y ducharse después. Quizá dejar unas cucharadas más para cuando salga de la ducha. Esos son italianos: los vio en la playa hoy, piensa y señala con las cejas. Hablaban en italiano, escuchó que decían *tredici* en un momento. Tampoco es que ella le dijera nada. Ni siquiera es de acá él. No se conocen. Reafirma: estuvo bien. Tienen que ser cucharadas chicas, media cucharada por vez, para que dure. Hace frío. Los italianos quizás estén acostumbrados. Si son piamonteses, por ejemplo… ¿O hablan en dialecto los piamonteses? ¿Los números se dicen distinto en dialecto? No sabe nada, piensa. ¿O será que se está enfermando? No está para caminar en ojotas. ¿Tenía ojos claros ella? ¿Es cierto eso de que los ojos se ponen más claros cuando se llora? ¿Y que los ojos de los pájaros no tienen retina, es cierto? ¿O no tienen córnea, cristalino, pupila? Le podría haber preguntado algo, claro; pero qué. Y desde dónde. ¿Volver tendría sentido? Tiene hambre. Es poco el postrecito. Por más que lo haga durar, el tema no es el caudal de las cucharadas sino la cantidad de postre.

Pero qué. ¿Vuelve y compra más y dice algo? Es por el frío el hambre. Media cuadra más. ¿A qué va a volver? ¿Estuvo bien? Si él hubiese sido ella, ¿estuvo bien? Sí, ¿qué le iba a decir? Estuvo bien, sí. ¿O es que acaso los pájaros son ciegos del todo? ¿Qué le van a decir, si él fuese ella, qué le habrían dicho? Debe estar tibia el agua del mar. Si alguien le sostuviese la toalla a la salida. Con este frío.

—Habitación ciento treinta y tres, por favor —pide el sherpa viejo su llave en la conserjería.

¿Por qué la montaña? ¿Por qué no la serranía o el pantanal? El sherpa viejo condujo su deriva hasta el regazo de la madre del mundo con el mar en mente. Pero no el gigantismo de las corrientes transoceánicas. No la generalidad del planisferio, la mancha azul entre dos contornos ocres. Huía, más específicamente, de la pleamar. Del método de la pleamar. Esa forma de ir ocupando territorio mediante vacilaciones. Una ola que cae sobre el límite exacto de la costa y lo empuja medio metro más allá. ¿Lo toma por asalto? ¿Establece entonces la pleamar su —oh, *animus iocandi*— cabeza de playa? No. De ninguna manera. La pleamar avanza y, apenitas logra su expansión, de inmediato se repliega hacia la profundidad. Pudorosa, casi arrepentida de haberse excedido en la conquista de la tierra firme. Como si temiese la iracunda represalia de lo seco, como si alguna vez el reino mineral la hubiese castigado con la fiereza atávica del jefe de la horda. Como el infante, niño o niña, que por primera vez acaricia el cuello de un percherón y retira la mano nomás rozar sus crines por temor a la reacción del bruto. Pero es breve el retroceso. Un *demi-plié* fugaz, una reverencia que parece sumisa y enseguida se revela artera. Porque una nueva ola ya se monta, orgánica y geométrica, incontenible y programática, sobre el mismo gesto retráctil. Cae la segunda ola, su espuma: otro medio metro. La playa se angosta un poco más. El imperio de sal se expande a través de sus líquidos. Nuevamente: repliegue, hipocresía, violencia, ocupación. Pleamar, la conquista de la Creación basada en dar pasos hacia atrás.

Avanza el océano, entonces, sobre el mundo habitable mientras el sherpa viejo toma su postre de chocolate en la cama de la habitación ciento treinta y tres del hotel peninsular. No volvió a la despensa donde Coneja lloraba. Eso lo mortifica. Su egoísmo. No estuvo bien. Se siente abatido por su inanidad, su insignificancia. Nada bien. Avergonzado de su estolidez, o su cobardía. ¿Tan difícil era hablarle? De su falta de interés, su individualismo. ¿Por qué la montaña? ¿Tan difícil era preguntarle si necesitaba algo? ¿Por qué no el salitral o la selva? Avanza el océano sobre lo sólido, lo anega, lo vuelve blando y pálido, disuelve sus pigmentos. El sherpa viejo siente que las fuerzas lo abandonan. Se recuesta. ¿Tan difícil era?

Duerme ahora su sueño el sherpa viejo. Y una vez que empieza ya es difícil detenerlo. Es adictivo. Es otro tipo de sueño. Dormir como entrenamiento para un decatlón morféico. Dormir de más. Dormir cada día un poco más. Diez, doce horas. La mitad del día, al principio. Pero después ya no es suficiente. Es cansador dormir una vez que se supera el nivel del neófito. Es agotador para el físico. Demoledor para la psique. Dormir catorce, quince horas, todos los días. Es como abandonar la órbita planetaria, la referencia astral. Abajo, antes, después… Las ideas más sencillas empiezan a perder sentido. Las ideas espaciales, por ejemplo. Dormir diecisiete horas y despertar: hoy, mañana, todavía… Está oscuro. El tiempo se torna inelástico: se agrieta al menor movimiento, se vuelve frágil. Las piernas están débiles también. Los párpados hinchados.

El sherpa viejo vuelve a recostarse. Cierra los ojos. Un rato. Se levanta. El pelo aplastado contra el cráneo. Ahora está oscuro también. ¿Antes? ¿Cómo puede ser que esté oscuro ya? Dormir veinte horas, por ejemplo. Bajar a desayunar, pero no, porque "son las cinco y media", dice el conserje. ¿Ya no, o no todavía? ¿De qué noche son las cinco y media? El sherpa viejo vuelve a la habitación, entonces. Cansado. ¿*Tredici*? Exhausto. Tiene sed. Le duelen la espalda, las pantorrillas, el cuello, la cabeza. Se sienta en la cama. Se levanta, abre la persiana: está oscuro. La cierra. Se sienta en la cama de nuevo. Se despierta. Se quedó dormido. Baja a desayunar. No: ahora no. "No hay servicio", dice el conserje. ¿Pero cómo puede ser? ¿*Servicio*, dijo? ¿Sigue oscuro afuera? No parece. Diría que es la mitad de la mañana. Un día normal. O casi. ¿Por qué era que lloraba esa chica, sentada en una banqueta, el respaldo vencido? ¿Era algo que podría haberse evitado? No es la luz de siempre. Quizás un eclipse solar, con su refulgencia enrarecida, la tenue entretela del velo que oculta el resplandor con ineficacia. ¿Es un eclipse, entonces? ¿O ya no? Están oscureciéndose de nuevo los corpúsculos que flotan alrededor del sherpa viejo. "¿Y ahora?", pregunta: "¿ahora ya hay servicio?" Pero el conserje no entiende. No hay nadie más. ¿Dónde están todos? ¿En la playa? ¿Decidieron ir esta noche a la playa? La puerta de vidrios esmerilados que separa gruesamente el hotel de la calle muestra una luz pálida en un vértice. Una fuente de fulgor evidente pero esquiva. ¿Es el sol? ¿Las cinco y media?, ¿de quién? ¿Están todos en la playa esta mañana radiante? El manchón lumínico difumina su contorno en la trama sucia del vidrio verde. ¿Un farol de alumbrado municipal? ¿Es el sol detrás de una densa capa de cirros que anuncian lluvia sobre la península? ¿Es el reflejo de una luz interna, un reflector del lobby del hotel mal orientado? El flujo radiante se hunde un poco más. ¿De qué ocaso proceden esas opacidades que surgen entre el mostrador de la conserjería y las ganas de desayunar, que caen pesadas, como telones de asbesto? ¿Quién emite la oscuridad del día?

El sherpa viejo tiene sed. Le duelen la cabeza, las pantorrillas, la espalda. "¿Quiere que lo despierten cuando empiece a servirse el desayuno?", pregunta el conserje a medias servicial y a medias deleznable. Los párpados están cubiertos por una pátina viscosa, las secreciones del lagrimal, el peso de los días. ¿Lloraba esa chica en la despensa o era el sherpa el que lloraba? El conserje lo mira: lo juzga. Al sherpa le molesta el reflexivo en la declinación verbal: "… cuando empiece a *servirse* el desayuno". Como si el propio desayuno se entregara de forma voluntaria a la heterofagia de los contingentes turísticos. Pero no dice nada. Mentira: "Sí, eso quiero", dice el sherpa viejo, que todavía no es sherpa. Ni viejo. Quiere que lo despierten para el desayuno, para el primer desayuno que haya. "¿Habitación?", pregunta el conserje. Es agotador dormir veinte, veintidós horas al día, todos los días, todos los sueños en blanco. La vigilia pierde nitidez. Ya nada es diáfano: ni el sueño, ni el despertar. Todo se torna laxitud e imprecisión. ¿Ya está paga la habitación?, ¿dónde está la tarjeta de crédito, sus dieciséis dígitos, su banda magnética? No, no. No es eso lo que le están preguntando. Se le cierran los ojos al sherpa viejo. Pierde de vista al conserje un instante y un número. Ciento treinta y tres. "Habitación ciento treinta y tres", responde. El conserje anota flemático. Y el sherpa se da vuelta, camina a los tumbos hasta la puerta del ascensor. Lo llama aunque ya está en la planta baja. Espera unos segundos. Fastidiado, chasquea la lengua. Arrastra los pies hasta la escalera. Sube dieciocho escalones, mete la llave en la cerradura. Se tambalea dos, tres pasos. Se derrumba en la cama. Duerme ahora el sherpa viejo. Y, en el sueño, Coneja llora.

Setenta y tres

El inglés sigue yerto sobre el risco y el sherpa viejo ya lo imagina conectado a una multitud de dispositivos protésicos. Nada complicado: un yeso, un analgésico intravenoso, el goteo del suero...

El suero, cree el sherpa viejo, se utiliza menos de lo que uno podría pensar. Es un invento endiabladamente práctico. No se termina de entender cómo el fordismo desperdició sus aplicaciones. Era ideal para colocarlo en las líneas de montaje industrial. Una bolsa de suero junto a cada trabajador. Una comunión en torno al suministro de proteínas que alcanza el torrente sanguíneo de la clase obrera y construye una nueva sociedad. Pujante, esperanzadora, nueva. Las mujeres –sus pelos recogidos con broches, con elásticos, dentro de pañuelos de colores vivos– llegan a la fábrica, marcan tarjeta, se enguantan las manos, se colocan la sonda en el antebrazo derecho y un nuevo día comienza en el ciclo productivo. Afuera, los hombres, sus guerras, el *Angelus Novus* mirando las ruinas de la historia... Ah, el progreso. Qué poco se ha hecho por él.

Setenta y cuatro

El mismo día de la llegada a Londres y en el mismo aeropuerto internacional de Heathrow, una conferencia de prensa. Un periodista pregunta por ese momento de la expedición en que Norgay salva la vida de Hillary. El neozelandés vuelve a expresar su agradecimiento hacia el sherpa. Habla de sus reflejos y su temple. Norgay se rasca el mentón, pensativo, circunspecto. Los periodistas escuchan en reverente silencio el relato de aquel instante crítico. Después le preguntan a Norgay cómo se sintió al llegar a la cima del mundo. Responde al menos ocho palabras en nepalí. Un intérprete traduce lacónico: "*He was very happy*". Y todos –Hillary, los periodistas, el traductor, el propio Norgay– estallan en una carcajada. Como si esa felicidad, o tan siquiera la mención o la chance de esa felicidad, les causara una gracia irrefrenable.

Pero uno de los periodistas se indigna. Culposo, vindicativo, se acerca a Norgay. Le pregunta: ¿no siente, acaso, señor Tenzing, que está usted siendo discriminado?, ¿no cree que también usted, un sherpa, debería haber sido nombrado Caballero del Reino por Su Majestad? ¿Acaso no llegó usted a la misma cumbre que Edmund Hillary? ¿No piensa, señor Tenzing, que la Corona de la Gran

Bretaña y Occidente todo han cometido una inmensa injusticia con usted por causas exclusivamente raciales? Norgay le responde: "¿Acaso el título de Caballero me dará alas?".

Setenta y cinco

El sherpa viejo estaba a la deriva. Ni recordando, ni pensando, ni ejecutando mentalmente una melodía, ni buscando la palabra justa. Se podría decir que más bien flotaba sobre fragmentos de imágenes, retazos de frases inconexas. Entonces el sherpa joven lo interpeló:

—¿Y si bajamos nosotros?

Fue a partir de esa pregunta que el viejo abandonó con resignación, con una nostalgia anticipada, el estado de su conciencia al garete y puso en marcha un brevísimo proceso de evaluación, para encontrar el mejor modo de decir:

—No. Porque si yo me quedo acá…

Pero ahora que ese diálogo quedó en el pasado de forma prematura, el sherpa viejo querría regresar a aquella suerte de duermevela, al discurrir libre de aquella ensoñación plácida que lo había llevado lejos de la montaña y del turista caído. Sin embargo, parece imposible. No recuerda nada. Todo ha quedado sepultado en el más opaco de los olvidos. Soterrado a una profundidad en que ácidos o alcalinos conspiran contra cualquier forma de vida. No la tierra fértil, repleta de vida subterránea, sino las yermas placas minerales, sulfurosas, calientes y muertas. Hasta ahí se habían hundido las imágenes que por un momento lograron abstraer al sherpa viejo de su circunstancia penosa, de su nuevo fracaso en la consecución de la cima del monte. Hace un esfuerzo más por encontrar un indicio, la hebra de un hilo que lo pueda conducir hasta la casa del Minotauro, toda pasillos y un ambiente central, mucha corriente de aire.

—Cierto —responde la voz del sherpa joven—. Mejor no.

Y esa sonoridad es también un envión en la conciencia del viejo que permite el reencuentro con una imagen: una parada de transporte público, un día de otoño, la primera tarde que volvió solo de la escuela. Un sentimiento confuso, mezcla de orgullo y desamparo. Pero ese recuerdo no había durado nada, se fundía de inmediato con una novia, ni siquiera una novia sino la penumbra de una habitación donde duerme una mujer joven que se va a negar a ser una novia y la extrañeza de caminar desnudo por una casa ajena. Pero había más: otra mujer, distinta, llorando. Una mujer llorando detrás de una caja registradora y también un hombre sentado en un sillón…

Pero no todo es recuperable. Las cosas no responden graciosamente a la voluntad. El sherpa viejo no puede reconstruir la cadena de imágenes y sonidos que lo habían convertido en un funámbulo adormecido, del mismo modo que el sherpa joven no puede recuperar, por simple pulsión volitiva, la humanidad del inglés que reposa sobre una saliente, en un risco marginal, sobre un monte nepalés.

Setenta y seis

Entonces, no queda otra que esperar, entiende el sherpa joven. Pero no imagina una alborozada vigilia, ni ansiedades de resolución inminente. No son dos chicos frente al árbol de Navidad diez minutos antes de la medianoche. Si quisiera buscar una analogía, tendría que pensar más bien en alguien junto a la máquina expendedora de café. Se colocan las monedas, se pulsa el botón y se deja pasar el tiempo. No mucho. Treinta, cuarenta segundos, hasta que el mecanismo se detiene. Recién entonces, se abre la compuerta y se retira el vaso de plástico. Los palitos para revolver no son cucharas. Hasta en ese detalle han pensado para que terminemos de asumir que lo que estamos consumiendo no es realmente café sino algún sucedáneo, un homenaje.

Esperar un rato más: después de todo, no pasó tanto tiempo. ¿Doce minutos?, ¿quince? No es excesivo. Todavía se puede considerar un accidente menor, un episodio que –bien adornado– concentra la atención de los comensales durante una cena familiar. El sherpa joven logra por un instante quitarle dramatismo al asunto. Es un tropezón, un golpe en la cabeza, un desvanecimiento pasajero y después retomamos la marcha. ¿Vamos a llegar a la cumbre en estas condiciones? Pero por supuesto: si no es nada. Nada. Un resbalón. En un rato vamos a estar dando saltitos por la pendiente con los tubos de oxígeno en la espalda. Volando. Seremos ágiles, determinados. Va a ser conmovedor ver cómo nuestros pies ligeros vencen con desparpajo las limitaciones del desplazamiento. Reiremos. Saltaremos, reiremos y ascenderemos. Sin detenerse, sin trastabillar. Un pie y luego otro, a cada instante un paso más cerca del final. Caerá la noche y dormiremos un sueño profundo e inalterado, suave. El sueño del sereno de la fábrica de peluches, la noche que ha llevado consigo su pipa de opio. Al día siguiente contemplaremos el planeta desde su cima.

Claro que es sólo un segundo, una ráfaga de anestesia que descomprime la pesadumbre de ver al inglés ahí abajo, tendido sobre las rocas, sumido en su corporeidad grávida. Es un instante breve antes de que la palabra retorne al casillero de lo irreversible, se haga presente con su flotilla de predestinaciones trágicas. Una lamentable pérdida, una verdadera catástrofe. La vida de un hombre. Un hombre joven, con enorme potencial, intrépido, lleno de proyectos. Una vida en plena floración talada de repente por el ensañamiento de la giganta, de este titán mineral indiferente a la fragilidad de los mortales. Otra existencia reducida al punto germinal del sinsentido, otra muestra de la futilidad pomposa del sino humano. El sherpa joven se compunge. Saca la mirada del abismo.

Digestión

A unos metros del cuerpo quieto del inglés está el viejo todavía procesando el pedazo de pollo que la noche anterior desgarró con los dientes, extraviando el pellejo del ave entre incisivos y premolares. *La digestión...*, piensa el sherpa viejo. Un mecanismo primitivo, que desgasta la dentadura y conmociona las entrañas. Ya quisiera él que los turistas presenciaran de cerca sus digestiones. Muéstrenselas a ellos, que son tan sensible a las alegorías naturalistas. A ellos, que quedan embobados ante cualquier relato que tenga a una encina o a una liebre silvestre como personajes secundarios. A ellos, que sueñan todo el tiempo con los tiernos pastos de marzo, con suculentos venados otoñales servidos sobre la hierba para el colmillo de los predadores.

Los turistas, cree el viejo, inventaron la superioridad de lo inmaculado, de lo virgen. No entienden la belleza del trigal pulido por la mano del hombre; no disfrutan del sujeto de la historia lanzado sobre el entorno, arando y segando según la lógica de la traslación terrestre. Evocan una dimensión presocial, confiados en la debilidad de la organización; añoran un tiempo en el que las inequidades se resolvían en sangre a favor del animal mejor dotado en la lidia.

Aprendan, les diría el sherpa viejo: ese pollo fue muerto por el hombre. Hubo alevosía y complot. Hubo premeditación. Los turistas se sienten cómodos en la elisión de esos detalles. Pero son parte del círculo virtuoso de exterminio que lleva la producción avícola hasta sus platos, hasta sus escudillas de latón amarillo y verde en medio de la ladera sur de la giganta, a unos metros de donde el inglés pena su inmovilidad.

Setenta y ocho

Una vez desatada la huelga sherpa, cerca de cuatrocientos turistas que ya habían pagado sus expediciones quedaron varados en el Campamento Base. Los montañistas se indignaron en la Red: "El homenaje a los sherpas muertos fue desvirtuado por la acción de grupos militantes y convertido en un mitín político", dijo uno en declaraciones a un periódico británico.

Una cineasta australiana, Jennifer Peedom, estaba en la montaña rodando un documental cuando se declaró el cese de actividades. En una secuencia de su película *Sherpa,* Peedom registra la discusión entre un occidental y el dueño de la agencia de viajes que había contratado. Al ver que sus sherpas no querían volver al trabajo, y ya desesperado, el turista le rogaba al intermediario: *"And... can't you talk to their owners?".* La palabra que usa es *owners.* En inglés la dice. En alemán hubiese sido probablemente Herrschaft, como en *Herrschaft und Knechtschaft,* según le gustaba decir a Hegel. En castellano, *dueños:* "Y... ¿usted no puede hablar con sus dueños?".

El sherpa viejo

¿Por qué no el desierto o los esteros? ¿Por qué no el fértil encanto de la pradera? ¿Por qué la montaña? Podría ser porque en la montaña no hay teléfonos. El sherpa viejo siente la saliva fría más allá de su boca. El sopor. Suena el teléfono en la habitación del hotel peninsular. Abre un ojo. El otro está contra la almohada. Un solo ojo abierto, entonces. Pero no por mucho tiempo: pronto pierde la lozanía, el párpado cede y la pupila se nubla hacia la bóveda de la órbita ocular. Hibernación. Suena el teléfono. Hace frío. El aire acondicionado, piensa el sherpa viejo. Y el ojo alerta vuelve a activarse. Busca su objetivo por sobre el horizonte del colchón y encuentra la boca glacial de Bóreas, abierta en una mueca gélida de diecinueve grados. Parecía menos. Suena el teléfono y el sherpa viejo levanta el tubo. El resultado es agradable. No es silencio: es más bien el cese del ruido. Una estridencia acallada en medio de una crisis histérica. Un ave de corral que muere sin agonía, cuando un avión de pasajeros le cae encima. En la montaña sí hay, eventualmente, aves de corral. Gallinas, algunos gansos. Salvajes, claro. Los ánsares calvos, por ejemplo, que migran de India a Mongolia, y ascienden desbocados por encima de la cordillera, contra todo instinto de preservación. Pero el sherpa viejo no está en la montaña sino al nivel del mar. O un piso por encima del nivel del mar. En la habitación ciento treinta y tres, donde el teléfono deja de sonar en el mismo momento en que él se acuerda de Coneja, de su llorar inconsolable, de la forma lánguida de pasar el postre de chocolate por el lector de códigos de barras, de los láseres rojos recorriendo las huellas de la mano izquierda, de la cuchara plástica entregada a destiempo y con desproporción, del regreso al hotel, de la culpa, de la noche sempiterna que nunca desembocaba en desayuno, y del conserje hierático que anunciaba que no, que aún, todavía, ya no estaba el desayuno para los señores huéspedes porque de algún modo misterioso, o quizá del todo incomprensible, el llanto de Coneja había deslizado al sherpa viejo fuera del discurrir habitual de la cronología lineal, lo había llevado a otro sitio donde no era posible sino dormir, entregarse sin placer a la suspensión de la conciencia y arrastrarse univalvo, gaste-rópodo, por el nivel más bajo de la existencia. Hasta que sonó el teléfono, el sherpa viejo atendió, se solazó en la suspensión del timbrar y, en simultáneo, como si fuese un mismo movimiento despertar, atender, disfrutar y flage-larse, recordó el llanto de Coneja, su propia indiferencia, su modo indolente de pagarle, saludarla con una única sílaba e irse... Recordó cómo, en el epítome del cinismo, regresó unos metros para exigirle (enrostrarle la falta de) una cuchara plástica.

—Buenos días, caballero. Lo molesto de la conserjería.

—¿Hm?

—Ya estamos sirviendo el desayuno.

—¿Quién?

—Ya está habilitado el servicio de desayuno en el buffet, señor. Usted nos pidió que le avisáramos.

El sherpa viejo corta el teléfono, aún boca abajo.

Reconoce el día, asume su geolocalización: la península, las vacaciones, la mañana. Y cree por un momento –lo que lleva calzarse las ojotas, bajar las escaleras, manchar el mantel, fatigarse de harinas– que todo ha recomenzado. Que volverá a la playa, que la rueda ha recuperado su circularidad: dormir, desayunar, dormir, playa, leer, dormir, mar, dormir... Comer. Poco. Lo necesario. Unas frutas tropicales. O menos. Menos que eso: un higo deshidratado. Un jugo de arándanos. Cree que sí, que volverá a la rutina orillera de desdeñar la ociosidad ajena hasta que se impongan las mujeres. Hasta que sea imposible ignorarlas. Hasta que ellas (livianas, orondas, semidesnudas, despreocupadas) pasen, lo miren, disfruten de mirar y ser miradas, y que le recuerden al sherpa viejo su patológico aislamiento, su incapacidad libidinal, su cesantía afectiva. Cree en eso, en el restablecimiento de una rutina tranquilizadora, en la repetición del naufragio programado. Esa es la ilusión: la cría espuria de la esperanza y el fraude. Un pichón de vuelo corto. El fénix prematuro de la fábula: un ave que apenas sobrevive a su nacimiento y ya le toca morir. A cada instante.

Pero la ilusión se esfuma con el desayuno. Se disipa en cuanto suben los niveles de glucemia. Porque todas las sombras chinescas del teatro matinal, esas criaturas contrahechas, terminan ahogándose en el llanto de Coneja.

Llora todavía Coneja entre las migas del mantel manchado, sobre las ruinas del desayuno voraz. Llora la glotonería, reverso nutricional de la avaricia. Se deshace en convulsiones y sollozos junto a las frutas tropicales que se ofrecen al turista. Junto al jugo de naranja. Y el café. Los bollos, las medialunas. La mermelada de frutilla, los huevos revueltos. El tocino. Llora cada vez que el sherpa viejo se acuerda del momento en que, prescindente, la saludó: "Chau".

Se inundan los lacrimales de Coneja, anegaciones, diluvios, arcas sin tripulantes que encallan en costas grises, arcas sin biodiversidad alguna en sus bodegas. Arcas fantasmáticas sin siquiera cadáveres, más bien artefactos de la abstracción técnica, que boyan a la deriva en el llanto de Coneja hasta que chocan vacías contra su Ararat, cada vez que el sherpa viejo recuerda el instante posterior en que preguntó: "¿Cucharita no tendrías, no?".

Pura inundación entre los restos de un desayuno en un hotel de península. Dormir, desayunar, dormir, playa, leer, dormir, mar, dormir… Nunca más. Despojada del relumbre de su cáscara, la ilusión exorbita los ojos; los pulmones se le llenan de agua. ¿Y ahora? Ahora la ilusión flota muerta y el sherpa viejo despide a su Ofelia, río abajo. Ese río, ya desembocadura, ya franca expansión marítima, filtra su humedad desde el buffet hasta el lobby, los escalones alfombrados, hasta la cerradura de la ciento treinta y tres, hasta el colchón y las sábanas todavía arremolinadas a la espera del servicio de habitación. Se desploma el sherpa viejo en la cama. La cabeza de costado, los ojos abiertos, la vista fija en las cortinas beige del hotel. Pasan los minutos; el sherpa viejo no quiere dormir. No quiere comer, no quiere ir a la playa. Está acostado y respira. Las manos juntas entre las rodillas flexionadas. Los hombros un poco levantados: después le va a doler el cuello, las pantorrillas, la cabeza. No sabe si tener frío o qué. Si taparse, si darse vuelta. Si cerrar los ojos. Que Coneja no llore más quiere el sherpa viejo.

Ahora está acostado. Sin moverse. Quieto. Se podría decir que elongar los dedos de una mano o soltar por un instante la mandíbula del cerrojo del bruxismo es, en cierto modo, variar la posición. Pero el planteo proxémico es estático: la oreja derecha apoyada contra el colchón, las rodillas presionando las falanges, las piernas flexionadas, los pies juntos sobre las sábanas revueltas de la habitación ciento treinta y tres.

Trata sin mayor fortuna de mantenerse despierto. Sueña sueños breves, de baja densidad retórica: casi ni metonimia, la metáfora ya agotada. Más bien repasos de imágenes planas, a medio colorear. Como quien sacude el plumero en la repisa, levanta el polvo para que se mantenga suspendido en el aire unos segundos y vuelva a caer sobre los adornos: platitos turísticos de villas helvéticas, ocarinas postcolombinas, una foto familiar… Aferrarse a la cama, ajeno al ancho mundo y su sensualidad, es, para el sherpa viejo, un modo de flagelarse. Quedarse dormido durante la penitencia es, a su vez, una manera de malograrla.

Le arden los ojos. Por primera vez en horas, saca una de las manos de entre las rodillas y el suplicio es múltiple: le duelen la mano, la rodilla, el hombro, el cuello, la nuca. Se restriega los párpados cerrados con la misma mano derecha. Por un momento deja de mirar la cortina beige de la habitación del hotel. Recorre extrañado otros puntos del espacio. Entiende que ya no es la mañana. Se desconfigura, se despereza.

Sentado en la cama, ve en el piso una ojota que asoma debajo del cubrecama. No ve la otra. La imagina oculta por la masa del colchón. Pero es una especulación apenas. Una hipótesis que será desmentida: la ojota izquierda quedó junto a la puerta de la habitación. Siente ganas de ir al baño. Sí, el tocino. Las frutas tropicales y el café. Los bollos, la mermelada de frutilla, los huevos revueltos. Se levanta. Está de pie. El mecanismo funciona, puede hacer planes. Puede salir.

Ya en la calle, el sherpa viejo arrastra las ojotas sobre el ripio arenoso del balneario. Los turistas deambulan anestesiados por el ocio, vuelven de la playa temprano, apuntan a la siesta quizá. Buscan sombra en la primera hora de la tarde, anhelan un almuerzo tardío, emanan vahos de protector solar. Se demora un instante sobre esa expresión el sherpa viejo: *protector solar*. Se le ocurre que podría ser un título nobiliario en el imperio correcto. "Sapa Inca, hermano elegido de Viracocha y gran Protector Solar del Tahuantisuyo". Camina el sherpa viejo. ¿Adónde lo conducen sus pasos, más bien espasmos reptiles de las ojotas sobre las huellas leves de la temporada estival? Al único sitio posible: la despensa, el almacén, el somero supermercado. No es lejos. Aunque hace calor todavía. Es la peor hora. El período crítico del veraneante: ni mañana, ni atardecer, ni desenfrenado noctambulismo. El mediodía: ese momento en que hay que tomar una determinación. Irse de la playa habilita la posibilidad de regresar cuando el ocaso empiece a esparcir su melancolía, al menos como proyecto. Permanecer obliga a perpetuarse en la costa hasta la salida de la primera estrella. ¿Dormir la siesta en la playa? Eso podría hacer el sherpa viejo si no estuviese caminando las pocas cuadras que separan el hotel de la despensa; el calvario por el llanto de Coneja, que no lo deja hacer otra cosa que dormir. Dobla una esquina y son veinte metros, quince, siete. Duda. Comprende la vulnerabilidad de su idea: ver a Coneja… ¿para qué? No se engaña. Sabe que esta excursión nace de un nuevo egoísmo. Coneja no necesita verlo, Coneja no lo conoce. Para Coneja, él es un postre de chocolate atravesando el lector de códigos de barras una mala noche en la despensa. Ver a Coneja es, de un modo burdo, una operación exculpatoria. La expiación sólo puede tener un beneficiario: el futuro sherpa que ahora camina por las calles de la península y entra en el almacén.

Junto a la caja registradora hay un hombre. Bigotes grises. Cuenta monedas. Las separa, las clasifica, las ordena.

El sherpa viejo asoma la cabeza y ve al hombre de bigotes grises que apila, abstraído, monedas sobre el estaño del mostrador junto a la caja registradora. Se queda en esa contemplación durante un momento. ¿Qué ve? A un usurpador, a un litigante que ocupa el sitio de la desolación. Hay algo de duelo en la fantasía del sherpa viejo. Reto: no luto. O quizás ambos, nunca se termina de saber. Un duelo sobre una calle polvorienta, abandonada tras la fiebre del oro. No hay nadie más. ¿O sí? ¿Esa sombra que se mueve más allá de la góndola de las especias es una anciana en traje de baño negro y dorado, o el reflejo invertido del resplandor de los médanos? No importa: es algo etéreo en todo caso, de una fugacidad superior al promedio.

El sherpa viejo aleja las distracciones y se concentra en el cajero. ¿Qué ve? Ve a un enemigo, un oponente. Un otro a vencer. Empieza a caminar, rectilíneo, desde la puerta hacia la caja. Esta maniobra, cree él, necesariamente tendrá que desconcertar al adversario. Y es que los cajeros, razona, tienen el instinto atávico de esperar el ataque frontal: la horda de consumidores que montan fila delante de las propias trincheras. Ni saben que tienen retaguardia los cajeros. Son como peones que desconocen las acrobacias reversibles de un caballo, la oblicua vileza del alfil o la voracidad omnívora de una reina.

Se acerca sigiloso el sherpa viejo. Metamorfosis: ahora está en la estepa centroafricana. El guepardo acecha a la gacela. Pasos imperceptibles sobre ojotas de goma que evitan el arrastre, la fricción irritante de los granos de arena que la incuria de los turistas, desaprensivos, negligentes, esparcen por la península. Dos, tres pasos, y todo se desmorona. Una exhalación fuera de *tempo*, el balanceo desmedido de un brazo, la incidencia de la sombra proyectándose hacia el interior del local, el roce de la bermuda contra la cara interna de los muslos… O, de modo más llano, la visión periférica del cajero de bigotes grises que percibe un elemento extraño, detiene la contabilidad de las monedas de níquel y levanta la vista.

Hay dos omisiones que sorprenden en ese instante al sherpa viejo. Que el cajero no le dispare. Que el cajero no salga corriendo. Lo que sigue, en cambio, es la secuencialidad suspendida. Un retener la respiración, un paréntesis. Pero no dura nada. De inmediato el mundo sigue andando y las miradas se cruzan, se unen en la ambigüedad del desconocimiento mutuo. El cajero mira al sherpa, que ni sueña con el Himalaya todavía. Los ojos son abúlicos, cierto, pero esconden en su lecho gelatinoso un atisbo de intriga. El sherpa mira al cajero y, en cambio, sus pupilas revelan el terror inmediato.

El lazo escópico obliga al sherpa viejo a dar el siguiente paso. No pueden seguir mirándose uno al otro indefinidamente. Siente que va a tener que decir algo. Ya, pronto. Para sí, con la boca cerrada, prueba arrancar con una justificación casual. Un "me disculpa", un "perdón" o, de modo más articulado, un "lo molesto con una consulta"… Pero no llega a darle forma a la interlocución por dos causas. Por un lado, lo paraliza la imposibilidad de rematar ese preámbulo. ¿"Me disculpa", qué? Por otra parte, una mujer mayor, traje de baño oscuro, detalle de hebillería dorada al frente y al dorso, ojotas altas, maquillaje azulino, se materializa frente a la caja registradora.

—¿Coneja no vino hoy tampoco, querido? ¿Qué le pasa a esa chica? ¿El bebé está bien?

Por un lado, el sherpa viejo consigue el nombre: Coneja. Por otro, una bifurcación: ¿con quién hablar ahora? ¿Con el cajero de bigotes grises o con la mujer de hebillas doradas sobre negra lycra? El canal oficial, protocolar, sigue siendo el hombre que ocupa la silleta inclinada, casi sin soldaduras, donde Coneja derramó lágrimas con la incontinencia de un embalse desbordado. Pero la mujer parece más accesible, más abierta, menos reservada. ¿Coneja se llama, entonces?

Resuelve, entonces, el sherpa viejo que hablará con esa mujer mayor, que le resulta desagradable, también, claro, pero de un modo diferente. El cajero le causa una aprensión tendiente a la violencia. De un modo por completo caprichoso, el sherpa cree que el cajero terminará azotándolo en la cara con uno de los flotadores de espuma de polietileno que se exhiben a la entrada de la despensa. En su fantasía, de alguna manera homoerótica, él —el propio sherpa— debe defenderse del irascible empleado de comercio y termina clavándole entre los ojos la base de una de las sombrillas que se apilan al costado de los cajones de fruta. ¿Bebé? ¿Alguien ha mencionado un bebé? El sherpa viejo, en un gesto difícil de interpretar para cualquier testigo circunstancial, deja de mirar absorto a la mujer y al cajero, da media vuelta y sale del supermercado.

Ya fuera de la despensa, el sherpa viejo simula inocencia y previene la aparición de la lycra negra y las hebillas doradas. Nota —sin proponérselo— que sobre la vereda, en unos exhibidores, el comercio también ofrece libros y postales. Los libros no le llaman tanto la atención: una selección de *best sellers* de los últimos veinte años en ediciones de bolsillo, portátiles, económicas: con muchos aviones comerciales en las portadas, otros tantos próceres independentistas, y algún fetiche con la seda, también. O con el nailon. O el tafetán sintético. En cambio, las postales lo perturban. Desde las postales se irradia un desorden. El descubrimiento requiere un pequeño proceso de intelección: ¿no es ese el Lido veneciano? Al lado, por contigüidad, ¿ese es el Hermitage petersburgués? ¿Y la Pirámide del Sol, en Teotihuacán? Pero incluso un paso más allá: no sólo el reconocimiento visual, sino el hallazgo de la divergencia.

Es decir, ¿por qué en una playa de un país subordinado se venden postales de atracciones turísticas tan remotas? ¿Es válido enviarle a la madrina una imagen de Angkor Wat desde la profanía del servicio postal de este balneario? ¿Justo a la madrina, que nos acogió en sus brazos mientras el párroco arrojaba agua fría y bendita sobre nuestra cabeza rapada? El sherpa toma al azar cuatro postales y revisa el dorso. La impresión de todas tiene el mismo origen: una casa gráfica dedicada al *offset* y domiciliada en otra ciudad costera más grande, más fea, más industriosa, más próspera. Las leyendas y los epígrafes son certeros: "Templo megalítico de Stonehenge, Wiltshire, Inglaterra"; o "Parque Nacional Kruger, Mpumalanga, Sudáfrica". Los motivos se multiplican sobre las ramificaciones superiores del exhibidor. Londres, Río de Janeiro, Nueva York, las Cataratas del Iguazú, el Himalaya por supuesto.

El sherpa viejo está fascinado con las postales. Tiene unas pocas en la mano y, por esa fascinación que le provocan, se siente algo estúpido. Trata de recordar quién había dicho que la humanidad podía ser definida por —o que encontraba su rasgo de identidad en— su capacidad de crear sistemas secundarios: herramientas que sirven para hacer herramientas, códigos con aptitud de reflexión metalingüística, regulaciones sexuales sobre la progenie… Pero la anciana aurinegra ya está saliendo a la calle:

—Disculpe una consulta, señora…

—¿A mí?

—Sí, perdóneme… ¿usted me podría indicar dónde

vive la señorita Coneja? Es que tenía que traerle algo y hoy…

—Hoy no vino a trabajar.

—Claro, claro: probé de venir y no…

—¿Es algo para el bebé?

—Sí, no… Para el bebé y para ella.

La mujer lo mira. Ve las postales en su mano. Asume lo improbable.

—Acompáñeme —le dice al sherpa viejo—. Llévele las postales; las paga otro día: nadie las compra. Y ayúdeme con la bolsa.

¿A qué distancia del mar tiene que estar la cama o la cocina de una casa como para que sus moradores, sin ser falaces, digan: "sí, yo vivo en la costa"? En el mismísimo linde de esa estimación, la mujer negra, dorada, ojotas de suela alta, pantorrillas flacas, equilibrio encomiable, libra al sherpa viejo a su azar. "La casa de allá", le dice y señala la nada.

El oeste, o el suroeste, calcula el sherpa viejo. Hay árboles, sí. Muchos. Eucaliptos en su mayoría. Pero también araucarias, cipreses. Le agradece a la anciana y le devuelve la bolsa: una calabaza, leche en polvo, té de manzanilla, dos latas de bebida energizante, un paquete colosal de puerro. "Puerro; la cebolla me cuesta mucho la digestión, ¿entiende?, a mi edad", explica y se golpea el vientre. Él asiente. Vuelve a mirar los árboles. Eucaliptos, por doquier. Algún lapacho rosado también, unos fresnos, un cedro pálido torciendo su copa hacia el mar que ya no se ve ni se escucha. Agradece de nuevo. Se despide. Casa no ve ninguna. No en esa dirección. La vieja dobla a la derecha y se va con su bolsa de la despensa, los tallos del puerro asomando al sol. Tampoco hay construcciones en su horizonte. Eso llena al sherpa de esperanzas. Y por eso camina. No es tiempo de ascensos, ni de riscos escarpados todavía. Falta para eso. Todo es llanura en la península. Y el sherpa viejo, que todavía es muy joven, camina. Siete, diez, trece minutos. El viento empuja desde atrás; el diseño de las ojotas empieza a horadar la piel, a formar una ampolla entre los dedos. Es temprano todavía. Es, aún se puede decir, el mediodía. O su estertor. Las tardes de los veranos no terminan de empezar nunca, y el sherpa viejo camina. Quince, diecinueve minutos. Finalmente la ve: una choza. Un hórreo casi. Pero al ras del suelo. Un bohío. Pintoresco, austero, a su modo encantador. Delimitado por una cerca de madera sin color. Barnizada hace años. Dos manos de laca marina que ya fueron carcomidas por el salitre. El sherpa se aproxima: tiene que ser la casa de Coneja.

A medida que avanza, dos epifenómenos perceptivos. Primero, una bicicleta vieja estacionada al lado de la puerta. Luego, un perro casi ciego que aparece de algún lado con su olfato hipertrofiado y aúlla en dirección al sherpa viejo. Entonces sí, la causa madre: la puerta se abre y Coneja sale de la casa. Lleva un bebé en brazos. No está llorando. El bebé tampoco.

Ochenta

La situación del inglés, ¿es anómala? Si un hombre trata de escalar, contra todo sentido común y todo mandato biológico, un monte de ocho mil ochocientos cuarenta y ocho metros, ¿cuál sería ·la norma? ¿Que sobreviva, que muera? Habría que preguntarle al inglés, que lleva consigo sus mapas, ahora caídos junto al cuerpo inmóvil, sobre una roca, la cabeza apuntando al oeste, las piernas en ángulo ayurvédico.

Ochenta y uno

—¿Se movió?

El sherpa viejo acaba de hablar y señala hacia abajo, mientras mira a su joven colega con gesto infantil. Le parece haber detectado algo: un temblor, un estremecimiento leve en la pierna derecha del caído. Y es como un chico que cree haber visto, por la ventana, la giba de un camello la noche de Reyes. Se exalta, quiere compartir lo que sabe, corroborarlo, pero al mismo tiempo conservar la exclusividad del descubrimiento. El sherpa joven no estaba mirando. Es incapaz de responder.

—¿Eh?

—Creo que se movió.

El sherpa joven se asoma entonces de nuevo y ve lo de siempre. Un hijo de la Gran Bretaña tendido sobre una saliente rocosa, la cabeza apuntando al oeste, las piernas dibujando el perfil de un techo a dos aguas arrasado por un temporal. Esta visión, de algún modo, atenúa sus anteriores juicios. Enfrentar otra vez la materialidad del cuerpo caído repone la situación en un plano más prosaico. Las posibilidades vuelven a ser binarias, sin digresiones. Vivo o muerto. Lo que sea, ese cuerpo no se mueve.

–No parece.

Lo dice con dulzura, con cautela, sin intenciones de lastimar. El sherpa viejo recibe el impacto. Creyó ver una pierna que rompía apocadamente la quietud del británico. Pero, después de todo, ¿qué diferencia habría? Son célebres los espasmos cadavéricos y el *sprint* final de las gallinas que festejan su acefalía. No agrega nada. No es información, es ruido blanco en el tímpano del radio-operador alemán durante el bombardeo de Dresde.

–Me pareció.

Dice eso el sherpa viejo y se levanta como si hubiese tomado una decisión definitiva. Como si pensara en volver de inmediato a su casa. Con la actitud de quien ha dado por concluido un asunto cualquiera y quiere pasar a otra cosa. Se levanta, retrocede un paso, se quita el polvo del traje, estira las piernas. Da la sensación de que va a empezar el descenso en ese mismísimo instante. Pero antes lo mira al sherpa joven, que –concesivo– le dice:

–El sol pudo ser, un reflejo... ¿Y cuando atardezca?

Después, por un momento, el silencio domina el camino hacia la cumbre del Everest. Si es que puede considerarse *silencio* a la furiosa carrera de los vientos monzónicos atronando los perfiles de la cordillera nepalí.

Ochenta y dos

«Flavio, entonces, camina por las calles de Roma con otro tribuno. Se encuentran con una turba de ciudadanos partidarios de Julio César. Los interrogan, los reprenden, los descalifican, los cargan de acusaciones y, al final, hacen un intento por ganarlos para su causa. ¿Qué hacen los ciudadanos? Se van. ¿Toman partido por el asesinado Pompeyo? Nadie sabe. Se van nomás. Quizá dejan contentos a los tribunos, dan vuelta a la esquina y siguen festejando la llegada de Julio. Quizá sólo querían celebrar algo. No se sabe. Shakespeare mismo lo ignora.

En cambio, sí sabemos qué hace Flavio una vez que la turba se retira. "¡Mira cómo se conmovió su rudo temple!", le dice a Marulo señalando a los ciudadanos que se alejan. ¿Está siendo Flavio autocomplaciente? ¿Realmente cree que su discurso logró conmover a la plebe? Tal vez es lo único que le queda, quizá no puede concebir otra posibilidad. O puede que sólo se esté pavoneando frente a Marulo, demostrándole que su elocuencia es capaz de cambiar el curso de la historia. Pero ese rumbo, joven actor, lo cambia el homicidio: el de Pompeyo antes de que empiece la obra, y el de Julio, cuando comience el tercer acto. ¿Es pertinente recordar aquella frase que apunta a la violencia como partera de la historia? Habría que pensarlo; no es un asunto sencillo ni agradable. Volvamos a nuestro Flavio: "¡Mira cómo se conmovió su rudo temple! Se alejan amordazados por la culpa". Ésa es su línea. La última que le dedica al pueblo de Roma. Luego dirá algo más, ya lo veremos, pero en este momento lo importante es esa frase de Flavio. ¿Quién despierta la *culpa* en el pueblo de Roma? El propio Flavio, es evidente. ¿Y de qué es culpable el pueblo de Roma? Según los tribunos, de celebrar al asesino de Pompeyo.

Ahora bien: siendo que los tribunos son seguidores de Pompeyo y que serán ellos mismos quienes pocas páginas más adelante clavarán sus puñales en el cuerpo del César, ¿dónde reside la virtud que invoca la mordaza de la culpa? Flavio no carga contra el pueblo de Roma por vitorear a un homicida, sino a *ese* homicida en particular. ¿Es cinismo lo que destila nuestro Flavio, entonces? ¿Tiene una moral selectiva que aprueba determinados crímenes y condena otros? No iría tan lejos. Me parece, más bien, que la obra es rehén de la contingencia, ese pantano donde el *ethos* se diluye y deja la puerta entornada ante el paso de la atrocidad».

Ochenta y tres

El sherpa viejo se enorgullece, de un modo por completo injustificado —debe decirse—, del desempeño colegial de su compañero. Se siente al mismo tiempo factótum y vigía del avance de su amigo —¿protegido?, ¿entenado?— en esa senda que transita hacia la educación superior.

Es por eso que se permite, de tanto en tanto, aconsejarlo con sinceridad sobre su futuro. Como aquella vez, que su compañero sugirió la posibilidad de estudiar Historia del Derecho. Podría haberse mostrado prescindente, dejarlo pasar. Pero no: asumió su rol como mentor. Le habló de Proudhon, de Bakunin y de la herencia; de las tribus amazónicas, del joven Marx y de Tomás Moro. Le dijo que mirase a su alrededor, que apreciara la inmensidad de la obra natural, que no desperdiciara el tiempo en desarticular los mecanismos de la plusvalía, le dijo que no despreciara su tradición, que valorara sus privilegios. Que lo pensara dos veces, y una vez más. Que lo mantuviese al tanto.

Algo de esa conversación vuelve ahora, cuando escucha que el joven le dice:

—El sol pudo ser, un reflejo.

Porque entiende que en esa búsqueda de pretextos hay, también, respeto.

To Tell the Truth

Once años después de la conquista del Everest, Norgay Tenzing participa de un programa de entretenimientos en los Estados Unidos: *To Tell the Truth*. No cumple el rol del concursante, sino más bien el de la prenda. El juego es así: Norgay y otros dos sujetos fisonómicamente cercanos se presentan ante cuatro competidores (todos caucásicos, todos de algún modo anacrónicos y dentales). La misión de los concursantes es adivinar cuál de los tres asiáticos es el verdadero sherpa; cuál es, en efecto, el que llegó por vez primera a la cima del Everest. Para conducir su pesquisa, cada uno tiene un minuto para interrogar a Norgay y a los dos impostores, que han sido adoctrinados por la producción del programa acerca del Everest, la expedición de 1953, la vida del Dalai Lama y demás datos de cultura general. Concluida la ronda de preguntas, los concursantes arriesgan una respuesta.

El certamen termina: Norgay se pone de pie y revela su identidad. Los dos impostores también confiesan sus nombres reales y sus ocupaciones. Uno es el cónsul indio en Nueva York; el otro, el encargado de un restaurante de comida étnica en Manhattan. Sólo uno de los concursantes ha descubierto al auténtico sherpa: ese gana el premio.

Ochenta y cinco

—¡Fuera de aquí! ¡Vuelvan a sus casas, gente ociosa! ¿O acaso hoy es un día festivo? ¿Qué? ¿No saben que siendo artesanos no pueden salir a la calle un día de trabajo sin llevar los distintivos de sus oficios…? Usted, dígame, ¿a qué se dedica?

Con esa intimación de Flavio, arrebatada y altiva, demandante e imperiosa, el sherpa joven tiene que inaugurar, sobre las tablas del salón de actos de la escuela, la representación de *Julio César*. Para eso falta casi un mes. Y Flavio tiene sólo cinco intervenciones. No es nada, por ejemplo, comparado con el centenar de parlamentos que debe aprenderse uno de sus compañeros para interpretar el papel de Bruto. Pero eso tampoco es consuelo. Es el sherpa joven quien debe enfrentar al público apenas se descorra el telón.

Aunque, bien visto, el problema no es tanto que en la tercera semana de junio deba presentarse en público la adaptación colegial de una obra isabelina en el salón de actos de una escuela del Estado perdida en la cordillera nepalesa y que sea, precisamente, el sherpa joven quien deba abrir la boca antes que ningún otro para decir: "¡Fuera de aquí! ¡Vuelvan a sus casas, gente ociosa!". El problema es qué hacer después.

Táctica

¿Cuál es el valor táctico de la montaña? No es una pregunta sobre estrategia, no interesa en este caso el largoplacismo. Tampoco el valor geopolítico. No se trata ahora de averiguar si las montañas son codiciadas por las aristocracias del mundo. (Antes se buscaban tierras fértiles. Luego, yacimientos minerales, hidrocarburos, agua potable, demografía desesperada, subjetividades.) No es esa la pregunta sino la evaluación bélica. ¿Es mejor atacar desde la montaña? ¿O es el sitio ideal para la resistencia? ¿Por qué se evita la montaña como campo de batalla? ¿Por qué se prefiere el campo abierto? ¿Dónde se libran las grandes batallas? En los valles, junto a los ríos, quizás en algún desierto norafricano, o sobre la fluctuante superficie de los océanos. Frente a las murallas de las ciudades, en los puentes… Es una pena. La montaña sería un excelente escenario para la guerra de guerrillas. No las sierras tropicales: calor, insectos, malaria, humedad. La montaña. Infértil, descubierta y expuesta; incómoda. Esta misma montaña donde el sherpa joven mira al sherpa viejo y está a punto de preguntarle: "¿Y si le tiramos una piedrita?". Pero prefiere callar.

Pintores impresionistas

Si los dos sherpas fuesen pintores impresionistas, el viejo sería Renoir y el joven, Monet.

En 1869, los dos –Monet, Renoir– todavía eran pobres y nadie había pronunciado jamás la palabra *impresionismo*. Un día acuerdan reunirse en La Grenouillère, un pueblo más bien chico a setenta kilómetros de París. Una suerte de balneario sin mar que visitan los burgueses para descansar en verano. Sobre un recodo del Sena, las fuerzas vivas de La Grenouillère han logrado dotar a su pueblo de una identidad: un recreo estival cerca de la metrópolis, pero lo suficientemente lejos como para abstraerse de la gravitación del capitalismo floreciente y de los vahos fétidos que todavía expele el cadáver del *Ancien Régime* a casi un siglo de su muerte.

No se sabe bien cómo ni por qué Monet y Renoir deciden pintar lo mismo. En una carta a Frédéric Bazille, en ese entonces pintor preimpresionista él también, Monet le dice: "Tengo un sueño: un cuadro, los bañistas de La Grenouillère. Ya hice algunos malos bocetos, pero no es más que un sueño. Renoir, que ya lleva dos meses acá, también quiere pintar el mismo cuadro". Un año después de recibir esa carta, Bazille se alista en un regimiento zuavo, va a combatir contra los prusianos rodeado por descendientes de argelinos y muere en batalla.

Pero no es la desgracia de Bazille lo que se enlaza de modo directo y brutal con los dos sherpas que están mirando a un inglés en la montaña, sino Renoir y Monet. Los dos artistas que ahora ponen sus caballetes uno al lado del otro, eligen un punto de vista similar y empiezan. Pintan rápido los impresionistas. Es parte de su política. La velocidad. Un encanto que prefigura la industrialización. No tardan mucho en terminar sus lienzos y en comparar sus obras.

Ninguna de las dos es una maravilla. Ni Monet ni Renoir han alcanzado su plena maduración. El impresionismo recién está dando sus primeros pasos. No tiene todavía cauce, ni márgenes, ni curso. Apenas si tiene afluentes. De un lado, Delacroix y su abandono progresivo de la dictadura del plano en favor del cuerpo de la pincelada; su desprecio por el neoclasicismo. Su obra más célebre, *La libertad guiando al pueblo*, quizá no sea un buen ejemplo. En cambio, *Caballo asustado por una tormenta* es una obra de quiebre: las nubes fatídicas y sin contornos, un rayo y unos pocos refucilos que no son más que luz, la deformidad del equino blanco y aterrorizado, la contorsión de su cuello… Todo el cuadro es un desafío. Del otro lado, tenemos a Courbet y su realismo, su desprecio por prácticamente todo. En este caso sí vale la pena detenerse en su trabajo más famoso: *El origen del mundo*. Una mujer desnuda y acostada. Una mujer cuya cara y pies quedan fuera del marco. Un cuerpo de mujer entre las tetas y los muslos; y, en el centro del lienzo, la concha. En primerísimo primer plano, tomando un protagonismo excluyente. Hay sábanas en el cuadro, hay pezones, hay un ombligo. Pero nadie duda de que es el retrato de una concha. *Épater le bourgeois* circa 1866: el cuadro permanece casi oculto durante un siglo. Primero es comprado por un aficionado de Montmartre, después por un anticuario y termina en una galería. Ahí lo compra un barón húngaro con ínfulas artísticas, que se lo lleva a Budapest. Pasa a formar parte de su colección privada, pero sólo hasta que la ciudad es tomada por el ejército nazi, que lo secuestra y lo anota en el inventario del saqueo. Al final de la guerra, el Ejército Rojo encuentra la pintura y se la devuelve al aristócrata magiar. Saltando la cortina de hierro, el barón se radica en París y regresa el cuadro a su patria de origen. En una subasta, vende su Courbet por un millón y medio de francos. El comprador: Jacques Lacan, que se lleva la pintura en secreto a su casa de campo. Lacan conserva el cuadro hasta su muerte. Por último, el Estado francés lo toma para sí como parte del pago de los impuestos sucesorios y lo cuelga en el Musée d'Orsay, en 1995. Todavía se puede ver ahí.

Pero tampoco es *El origen del mundo*, ni Courbet, ni Delacroix, lo que se emparenta de manera prístina y radical con los dos sherpas que se asoman al abismo del Himalaya, sino Monet y Renoir. Hay que poner el foco en la contemplación simultánea de sus dos lienzos. Dos obras que —de común acuerdo, pareciera— los autores titulan casi del mismo modo. Monet le pone *Bain à La Grenouillère*; Renoir, directamente *La Grenouillère*. Dos obras menores, hay que repetirlo, de dos titanes del arte del siglo XIX. La contemplación, entonces, no de las dos imágenes, sino su contemplación simultánea. O tal vez no simultánea pero sí alternada, oscilante. Hasta que una tercera imagen nazca de la visión consecutiva de estos dos cuadros pintados el mismo día en el mismo lugar y frente al mismo paisaje.

A la distancia, a un siglo y medio de distancia, lo interesante de esas piezas es su conversación. Los dos cuadros no parecen tan distintos en un primer vistazo.

En ambos, un grupo de burgueses disfruta de un día de verano junto al río. A la derecha, una suerte de glorieta que no es otra cosa que la galería exterior de un café flotante, el comercio más rentable y la principal atracción de La Grenouillère. Desde ahí, una pasarela conecta la cafetería con un islote. Una decena de personas departe con civilidad bajo el único árbol de esa pequeña Elba, o Santa Elena: todas las islas son importantes para el ascenso de la burguesía francesa. A la izquierda, un grupo de bañistas con los torsos desnudos nada en el río. En primer plano, un conjunto inarticulado de botes, una escueta armada fluvial, más bien una flota turística y pasatista a la deriva. En el fondo, una fila de árboles marcan el límite del río. Tilos, podría decirse si uno se guiara por la mirada de Renoir. Álamos en la descripción de Monet.

Es obvio que en la obra de Renoir hay un grado de detalle mayor: se distinguen los sombreros de los caballeros, los lazos que rodean la cinturas de las mujeres, los parasoles que llevan las muchachas que se le animan a la orilla del río en la hora de la canícula… La coloración del cuadro decanta hacia media docena de matices de verde. Renoir es delicado. Quisiera ser plenamente impresionista, pero es demasiado delicado. Parece haber un esfuerzo por brutalizar su pincelada en esta obra. Un esfuerzo a todas luces insuficiente. No le alcanza para torcer el rumbo mimético de la tradición occidental. Hay algo que es más fuerte que él. Está, contra su voluntad, demasiado adaptado.

La obra de Monet, en cambio, son puros manchones. Sí, eso es una pierna, y eso un bañista que se asoma del agua, y aquello debe ser el breve puente que conduce al islote. Sí, se entiende todo. Pero no dejan de ser puros manchones. Amarillos y celestes, y negros en su mayoría (aunque unas diagonales furiosamente rojas lo dan todo en la esquina inferior derecha, desde el borde de un botecito). Manchones: el eufemismo impresionista una vez lanzado a la velocidad del arte moderno. El lienzo ya no cumple un fin cartográfico: no busca miniaturizar el hueco de lo sensible. Heurístico antes que mimético, el pincel se desencadena y, en ese gesto libertario, se vuelve algo solipsista.

Más fofa, menos lúcida, pero también más solidaria, la obra de Renoir conserva el esfuerzo deliberado por dejar testimonio del espíritu de la época: la ropa de los burgueses, sus peinados, sus consumos. Un panegírico de la nueva era. Hasta pinta a un criado en cueros llevando una bandeja para regocijo y refrigerio de los bañistas. Siguiendo la inspiración de Baudelaire, puntal de esta generación, Renoir actúa como un retratista de la vida moderna. Entabla así una relación con su locus histórico. Renoir quiere ser cronista. Expulsadas las imágenes religiosas y las hipérboles mitológicas, le alcanza con pintar lo que ve.

En cambio, en la obra de Monet hay una única obsesión: la luz. Cada componente del cuadro es una excusa para establecer un nuevo punto de anclaje en esa discusión inacabada entre Monet y la luz. Lo motiva el debate sobre las posibilidades del arte. No pretende retratar, ni inmortalizar lo que está frente a sus ojos, sino su idea, el concepto, esa capacidad para expandir los límites de la representación hasta desgarrarla y darla por muerta. Ya la van a matar. Y la representación va a resucitar. A los tres días. Y van a montar una nueva crucifixión. Pero va a volver. Así, todo el tiempo. Hasta que se vuelva aburrido, innecesario.

Pero, por ahora, Monet y Renoir intercambian lugares, estudian el cuadro del vecino, suponemos que se congratulan. Después pliegan atriles, guardan los pomos, limpian pinceles y vuelven a París. Pasan veinte, ochenta, ciento cincuenta años. Dos sherpas miran hacia abajo; un inglés, su cuerpo quieto. Otean el nadir los dos sherpas mientras el cuadro de Monet cuelga de una pared del Metropolitan neoyorquino, sobre la Quinta Avenida, y el cuadro de Renoir se exhibe en el Nationalmuseum de Estocolmo, a seis mil trescientos kilómetros uno del otro.

Ochenta y ocho

A tres días de la asamblea sherpa y a seis del alud de catorce mil toneladas de hielo y nieve, los representantes del gobierno nepalí llegaron al Campamento Base. Encabezaba la delegación el ministro de Cultura, Turismo y Aviación Civil. Se reunió con los sherpas. Trató de convencerlos de que retornaran a la montaña. Hizo promesas. Los huelguistas tuvieron un momento de vacilación. Acordaron volver a encontrarse para avanzar en el diálogo. Cuando la comitiva de funcionarios estaba por partir en su helicóptero, llegó al campamento un rumor sordo desde la ladera oeste de la montaña: un nuevo alud. *Kan runu* explícito en pleno levantamiento sindical. Los sherpas se convocaron de urgencia a puertas cerradas. Quedó decidido. Ya no habría ascensos durante el resto de la temporada.

Ochenta y nueve

El sherpa viejo suele preguntarse qué haría con la montaña si estuviese a su cargo. Se le podría objetar: ¿a qué se refiere cuando dice *a su cargo*?, ¿cómo se puede estar *a cargo* de una montaña? La fórmula no tiene un significado hermético en este caso. Quiere decir, sin mayores misterios, que sería el responsable y, al mismo tiempo, el único con capacidad de decisión sobre lo que ocurre en el monte Everest. ¿Cumple una montaña los requisitos como para que alguien la tome a su cargo? ¿Qué puede hacerse con una montaña? Más allá de escalarla, claro. En este punto, el viejo respondería que las posibilidades son infinitas. Estaría exagerando (porque no son tantas) pero enumeraría: la montaña puede quedar clausurada para preservar su estado actual; la montaña puede ser explotada comercialmente de mil maneras distintas; o se la podría perforar para extraer algún recurso minero, transformarla en el mayor sistema de agujeros de gusano del planeta. Cobre, o plata, o litio, quién sabe qué podríamos encontrar. O se podría profundizar la explotación turística: construir cuatro o cinco resorts... algo grande, con piletas climatizadas, hidromasaje, tiempo compartido... Pero, por supuesto, todas estas posibilidades le parecen atroces.

Entonces, ¿qué haría el sherpa viejo con la montaña si estuviese a su cargo? Ya lo tiene decidido: si él fuese el responsable del monte Everest, se lo daría a los sherpas. Nadie mejor que ellos para cuidarlo. *Nadie mejor que nosotros*, piensa. Todo el poder a los sherpas. Les permitiría el turismo, el trekking, todo lo que ellos considerasen pertinente. ¿Aladeltismo?, ¿esquí? Sí, todo lo que los sherpas decidan. Ellos no harían nada para dañar a la giganta.

Desde ya —morigera el sherpa viejo—, habría que exigir a los turistas y a los propios sherpas que cumplan con ciertas condiciones mínimas, normas básicas de infraestructura, de mantenimiento del entorno, de higiene… Pero, entonces, nuevamente parece atinado preguntarse cómo se instrumentaría un sistema de control para que se cumplieran esas elementales reglas de convivencia de alta montaña. Porque siempre existe la posibilidad de que la puesta en práctica de esta utopía, de este falansterio en altura, se viera obstaculizada por la negligencia, por la codicia, por la inoperancia, por la simple y estúpida maldad. Es necesario establecer un plan de contingencia, un reaseguro por si alguien incumpliera el pacto de coexistencia. Es evidente. Pero el sherpa viejo ya lo tiene pensado: ante el más mínimo incidente, volaría la montaña con el mayor cargamento de dinamita jamás visto en la historia.

Si el sherpa joven conociera estas ideas del viejo, intervendría con una sonrisa para sorprenderse: "¿Dinamita?, ¡qué antigüedad!".

Noventa

Ya entronizado como el primer hombre en pisar la cumbre del Everest, Edmund Hillary se convierte en un aventurero profesional. Con algo de flemática desesperación, se propone escalar otros diez picos del Himalaya: lo logra. No le alcanza. Se suma a una expedición por tierra hasta el Polo Sur: llega al paralelo cero. No le alcanza. Se casa, tiene tres hijos. Su esposa y una de las niñas mueren en un avión que se estrella en Katmandú, al pie de la cordillera. Contrae segundas nupcias con la viuda de un amigo. No le alcanza. Monta un complejo sistema de beneficencia orientado al pueblo sherpa. Funda escuelas y hospitales en pueblos perdidos de Nepal. No le alcanza. Le dan once condecoraciones: los británicos, los neozelandeces, los nepalíes, los indios, los polacos... No le alcanza. Muere de un ataque cardíaco. Le ponen su nombre a un aeropuerto.

Noventa y uno

El sherpa joven, para irradiar empatía con el mundo, mira a su compañero y señala hacia abajo. El gesto refiere al inglés, claro. A su situación. Si es que refiere a algo. Después se sienta junto al viejo con la intención de conversar. Sobre cualquier cosa, como dos amigos que ya no tienen mucho para decirse y sólo pueden hablar de lo contingente. Prueba decir algo sobre la proximidad, en absoluto apremiante, de la noche.

—¿Y cuando atardezca? —pregunta el joven.

—En cinco minutos llamamos al Campamento Base.

Una mujer amamanta a su cría

Ahora mismo (es decir: antes), el sherpa viejo camina
y entiende que no siempre hay que dar explicaciones.
Mientras recorre la península, resuelve que no es necesario
justificarse de forma inmediata. Saluda desde lejos a
Coneja y sigue acercándose. Ella lo ve venir, claro; pero
parece más preocupada por no cejar en el movimiento
mecanizado con que acuna al bebé. El perro ciego aúlla
dos o tres veces pero queda claro que es sólo un sistema
de alarmas, no de retaliación. Aúlla y se echa en el pasto.
Pero lo piensa de nuevo, se arrepiente: se levanta y se
aleja. Si el avance del desconocido tiene que desembocar
en un ataque en toda regla, prefiere estar lejos antes que
sucumbir a la idea de que no pudo defender el territorio. El sherpa viejo sonríe y, de vez en cuando, levanta
la mano mientras camina. Cada vez menos: el saludo va
perdiendo énfasis a medida que la distancia se acorta.
Coneja no le corresponde pero su expresión tampoco
es hostil. Ni siquiera demasiado curiosa. Es, más bien, la
gestualidad del fastidio leve: alguien que debe enfrentar
un problema menor, un inconveniente rutinario. Como
si acabase de llegar de la farmacia y se diera cuenta de
que tiene que salir otra vez a comprar funguicida. Y así

pasan los segundos. Pocos segundos. Hasta que alguien tiene que hablar:

—Hola, qué tal.

—Hola, ¿puedo ayudarte?

—¿Es tuyo?

El sherpa apunta al bebé con un dedo índice. No comprende que hay pocas cosas más atemorizantes que un joven que aparece solo, caminando sin propósito a campo traviesa, y señala a un lactante para inquirir sobre su estirpe. Por eso, Coneja se repliega y asume posiciones defensivas.

—¿Te conozco?

El sherpa identifica el miedo y se siente doblemente mortificado:

—Sí, no. No, no me conocés. Nos vimos pero no…

—¿Nos vimos?

Por instinto, Coneja da un paso atrás. El bebé expresa algo. Una sílaba, llamémosle. Menos: una vocal gangosa. No es llanto, no. Es más bien una reafirmación. Como quien dijera con petulancia: "Sí, acá estoy, arrojado al mundo, y porque estoy acá proclamo mi ser y demando a los responsables de este arrojarme inconsulto se preserve mi existencia". El sherpa toma nota. No siempre hay que dar explicaciones, cierto; pero la opacidad es demasiado reveladora. Se ve todo. Elige esmerilarse:

—En la despensa… En el mercado, el súper, no sé cómo le dicen ustedes…

—…

—¿Estabas llorando?, ¿te acordás?

Bastaba presionar esa tecla. Ahora, despacio, inspirado, sin perturbar el ser reinante del bebé, un llanto quedo vuelve a emerger de Coneja. Y a partir de este nuevo llanto todo se acelera. Coneja se desarma. Se aferra al bebé. El sherpa siente el doble filo de la compasión y la potestad: no quiere que ella llore; sabe que fue él quien la hizo llorar esta vez. Entonces se deshace en disculpas. Que no la quiso molestar, que sólo se acercó para ver si la podía ayudar en algo, que en el almacén la vio tan mal, que se sintió un poco egoísta por irse sin preguntarle nada, que si quiere puede volver en otro momento, o no volver en absoluto. Que fue una torpeza de su parte venir sin anunciarse. Entonces, ella hace su penúltimo movimiento. Se da vuelta, entra en la casa y deja la puerta abierta:

—Vení, pasá.

Dice eso Coneja. Y se pierde en esa media penumbra de los ambientes cerrados durante las tardes de verano. El sherpa viejo, qué otra le queda, la sigue.

La casa es previsiblemente sencilla también por dentro. Un ambiente que condensa comedor, cocina, estar y depósito. Mesa, cuatro sillas —una rota—, un sillón de dos cuerpos, una mesada de aluminio, dos hornallas, la heladera, una alacena apoyada sobre el piso. Y más cosas: la proliferación de lo inanimado. Un esnórquel, un rastrillo, una palangana, dos bolsas de alimentos para perros, un cambiador de pañales, y más cosas. Una silla alta para bebés: Coneja sienta a su hijo. El crío golpea la bandeja plástica con las palmas de las dos manos. Está exaltado. Al fondo de la sala, el sherpa ve un breve distribuidor y tres puertas. Dos dormitorios y un baño, infiere.

Pero ese no es el dato saliente de la exploración panorámica. Eso es la corteza. El núcleo es el sillón de dos cuerpos: un hombre lo ocupa. Sentado, inmóvil, la vista fija al frente, como si mirase hipnotizado un teletón caribeño. Como si hubiese decidido no pestañear hasta descubrir la clave figurativa que se oculta en un cuadro de Jackson Pollock. Un hombre.

—Mi marido.

El sherpa viejo inclina la cabeza lleno de urbanidad y saluda:

—Qué tal, un gusto.

No hay respuesta. Nada. Ni un mohín. Ni la sombra de una percepción lateral en el contorno de las córneas.

Una mujer joven amamanta a su cría. Ahora lo sabe el sherpa viejo: se llama Coneja. Está dentro de su casa; una choza prácticamente, un bohío. Afuera está despejado, el cielo. El bebé crece rápido y desproporcionado. Las orejas demasiado grandes para esa cabeza. Las manos muy chicas en relación con los pies. La joven madre lo sabe y está inquieta. Dice, de tanto en tanto: "¿No son bonitas esas manitas chiquititas?". O, más adelante: "Esas orejas son de la familia del padre; en mi casa nadie tenía esas orejas".

El padre. Al sherpa viejo le preocupa en especial ese padre. El hombre que está sentado en un sillón de dos cuerpos, absorto en la nada.

Coneja sigue: "No es que mi bebé me parezca feo. Es lindo, precioso. Pero tengo miedo de que no crezca sano". De un modo paradójico, ese pensamiento la tranquiliza. Ahuyenta toda idea de rechazo y la impulsa a conclusiones optimistas. "Va a estar bien. Su padre es un hombre muy atractivo", dice henchida de maternidad y alza al bebé para verlo mejor. El padre: esa criatura que se extingue inamovible sobre el sillón, sin interactuar con los estímulos, sin expresar más que una incapacidad endémica.

Su heredero eructa, pone los ojos en blanco y deja caer un hilo de baba desde las encías. Coneja llama al bebé por su nombre; madre e hijo se miran a los ojos, en un tipo de comunión que sólo se logra si se ha compartido el cordón umbilical. Se miran y se sonríen, el pequeño bebé de orejas crecidas y su madre, hermosa, inocente.

Una nube, la única nube de un cielo por lo demás despejado, cruza delante del sol y la luz es, de repente, gris, desteñida. Coneja aprovecha, va hasta una de las habitaciones y acuesta al bebé en la cuna. Cuando vuelve a la sala, pone una pava en el fuego y abre las ventanas para que la casa se ventile. "Así decía mi madre: la casa tiene que respirar", le explica al sherpa viejo.

La corriente de aire trae un optimismo. El sherpa viejo se entusiasma ante la chance de que se rompa el encantamiento y el padre del bebé abandone la suspensión. Que deje de reconcentrarse en su pasmo introspectivo. Pero nada ocurre.

"Como todo el mundo sabe —le está diciendo Coneja al sherpa viejo—, mi madre podía hacer de todo." No quiere decir eso, claro. No alude a la omnipotencia. Quiere decir, en cambio, que no había desafío doméstico que su madre no pudiese domeñar. Las manchas de la ropa, el polvo de los muebles, la conservación de los alimentos. "Sabía todos los secretos para llevar la casa adelante." Coneja le explica al sherpa que, siendo ella todavía una niña, admiraba la destreza de su madre y divulgaba constantemente esta idolatría. Era por eso que el ejército de satélites familiares le regalaba pequeños plumeros de juguete y escobas de cotillón. Así, mediante la emulación temprana, la pequeña Coneja podría ser, algún día, gerente eficaz de su hogar y pulcra administradora de su jardín.

Mientras la ilación de la fábula se expande, tres ideas compiten por el monopolio de la conciencia del sherpa viejo. La primera tiene que ver con la sujeción a los estereotipos. La segunda con la atracción que siente por Coneja, aun cuando su marido esté a cuatro metros y medio, ensimismado y preso del silencio más hermético. La tercera, es evidente, gira en torno a las omisiones de Coneja: ¿por qué le cuenta con tanto detalle la vida de su madre y no le explica nada en relación a ese hombre que vegeta en la misma sala, con la vista fija en el empapelado?

Después, de a poco, con los años –le está explicando Coneja–, los quehaceres de la casa dejaron de ser una prioridad para ella. Su madre notó que ya no corría a sostenerle la pala cuando barría el pasillo, que ya no se desvivía por secar los platos que salían inmaculados del piletón. Todavía ayudaba, por supuesto. Pero cada día con menos entusiasmo, hasta se diría que con desgano. En todo caso, sus padres lo relacionaron con el paso inevitable, pero efímero, de la pubertad. Mayor fue la sorpresa el día en que su madre tuvo que subir hasta la habitación de Coneja y pedirle por favor que bajara al comedor para poner la mesa, actividad que –por otra parte– se le tenía celosamente reservada. Ya en plena adolescencia, Coneja cumplía con sumisión y tedio los deberes hogareños que su severa madre le imponía. Claro que, mientras tendía las camas o colgaba la ropa de una cuerda, no podía dejar de sollozar o, lo que era más habitual, llorar a moco tendido, repitiendo (no siempre para sus adentros) la desdicha que sentía cuando estaba encadenada a un secador de pisos o a un esparadrapo. Qué injusto había sido Dios al disponer una naturaleza tan poco higiénica, que requería ajustes cotidianos que reencarrilaran lo que, de suyo, terminaría siendo un gigantesco basurero, un enorme océano de suciedad, plagas y enfermedades.

De todos modos, jamás se le hubiese ocurrido a Coneja cuestionar las órdenes de su madre, quizás intimidada por la estricta figura de esta mujer que había transformado su casa en un infalible mecanismo de precisión, una clepsidra prusiana. De manera que –según ella misma le cuenta al sherpa viejo– Coneja creció limpiando y fregando, barriendo y lavando, hasta que un Domingo de Pascuas sufrió un desmayo mientras sacaba brillo a los caireles de la vieja lámpara del comedor. Cuando recobró el conocimiento estaba en su cama y le dolía la cabeza; un médico hablaba con la madre atrás de la puerta. Le decía que quedaban abolidas las tareas pesadas. Que lo único importante era descansar. Y tomar aire puro, correr y esconder cosas.

Coneja —ella mismo lo dice ahora, en la sala, mientras el bebé duerme en su habitación y el hombre de la casa se enquista en el sillón de dos plazas, pétreo— quiso seguir escuchando al médico, pero le dio sueño. Se le cerraban los ojos. Antes de quedarse dormida, pensó por primera vez que le gustaría vivir en un hotel, un lugar donde todos los días alguien viniese a ordenar el dormitorio, hacer la cama, echar desodorante de pinos en el baño. Un hotel con una recepción elegante, circular, donde los sillones de lectura se apiñasen en torno a mesas ratonas de caoba. Que el conserje supiese su nombre, que le pasara las llamadas a la habitación: "Señora Coneja, es su madre al teléfono, ¿la toma usted?". Es lo que ella denomina —siempre en el más pudoroso de los secretos, según aclara— *la fantasía del hotel*. "Es la primera vez que se lo cuento a alguien", le confiesa al sherpa viejo. Pero a él le cuesta creerlo. Pareciera algo que cuenta todo el tiempo a todo el mundo.

El sherpa entiende, después de un rato, que no queda mucho por hacer. El bebé duerme, el hombre mira el empapelado, Coneja habla sin pausa. Es linda y habla sin respirar, sirve un té, mueve las manos sobre el mantel, pero nada dice sobre el hombre que mira el empapelado mientras el bebé duerme. Todo parece estable. El perro sí había interrumpido brevemente la laxitud del cuadro. Había entrado con su ceguera a cuestas, moviendo la cola y reclamando atención. Pero enseguida asumió la tonalidad sepia del conjunto: se echó al lado del sillón de dos cuerpos y ahora sueña un poco imágenes desactualizadas, sin color, otro poco aromas intensos. Se parece, pero nadie lo nota, al perro que preside *Las meninas* de Velázquez. Como sea, la escena agoniza; el sherpa viejo decide que es tiempo de partir.

—Bueno…

Eso dice y la palabra deja sus armónicos rebotando contra las paredes de la sala. Anuncia su retirada el sherpa viejo; es un vocablo de transición. Si fuese invierno, la expresión iría acompañada de un gesto: buscar el abrigo con la vista, frotarse las manos, golpearse las rodillas. El verano es más impiadoso: deja todo a cargo de la oralidad. El sherpa, por un instante, extraña el frío. Se pone de pie y se distrae. El frío sin nieve. El frío que alienta a disipar las reservas de energía. Ya no más concentración de potencias, sino supervivencia y pábulo. Se distrae, o se aburre: piensa en lóbregos carros de frutas que se estacionan frente a su casa en el día más crudo del invierno. Se detienen, se exhiben sin moscas, con frescura. Las peras, los duraznos, los melones: todos dulces, todos listos. ¿Cómo es posible?, se pregunta el sherpa viejo: ¿frutas maduras mientras sopla el cruel cierzo? Se distrae o se duerme. El comerciante lo mira. Mueve la cabeza: ¿vas a comprar o qué? No, no esta vez. Mañana, quizá, cuando el mediodía no sea tan ubicuo. Cuando el sol pálido del invierno se tome una licencia en su métrica. Entonces, tal vez, una fruta. Una sandía, por elegir lo más grande del carro. Para que entiendas que no se trata de un problema financiero ni estacional. Una sandía entera y sin calar. Me reservo para mí la incisión reveladora. ¿Cuál es el problema? Se distrae, se aburre el sherpa. Ya piensa en la huida.

Coneja, en cambio, se tensa:

—¿Te vas?

El sherpa se sorprende. Su mundo ya era otro. Era

invierno y había frutas tropicales. No este calor y esta pregunta. El perro ciego despierta: levanta una de las orejas. El sherpa, de pie, ensaya una inhalación profunda y asiente. Ese doble gesto, que asocia arbitrariamente con la determinación más fulminante, sigue aún disponible en este tórrido día estival. Coneja parece a punto de decir algo. Levanta una mano. Pero la voz que se escucha viene de otro lado. Sin dejar de mirar el empapelado, el hombre, por fin, habla:

—El Ministerio de Guerra le mandó un cachorro recién destetado a la familia de cada soldado muerto.

La voz es grave; la cadencia, espaciosa. La mirada sigue fija en la pared empapelada. Todo queda, por un momento, suspendido.

—Un cachorrito, sí. Por cada soldado muerto.

El esposo de Coneja se ha pronunciado y todo queda en estado de excepción. El sherpa aplaza su voluntad de escapar. El perro levanta la segunda oreja. Ambos miran al hombre que ha hablado. También Coneja, que interrumpe un gesto (la mano alzada, detener una avalancha), pero enseguida corre hacia su esposo, se acuclilla a su lado, le pone una mano en el muslo izquierdo.

—Hola, soy yo, mi amor. ¿Qué me decías?

Pero el hombre ya no habla. Ha enmudecido de nuevo. Vuelven a enrojecerse los lagrimales de Coneja, que deja pasar un momento y retira la mano mustia del regazo, con suavidad. Se da un tiempo para escuchar la falta de respuesta. Se incorpora, mira al sherpa viejo y su desconcierto. Se le acerca, lo toma del brazo, lo guía despacio al exterior, fuera de la casa, y empieza a llorar. Otra vez, Coneja llora. El sherpa ve los dedos de la sollozante sobre su brazo. Un poco de presión sobre la piel, los músculos, un tendón. No le disgusta.

—¿De qué guerra habla?

El sherpa viejo se conduele, claro. Pero también tiene curiosidad.

—Ninguna. No sé. No estuvo en ninguna guerra él. Si nunca salió de acá…

El sherpa viejo concede: no siempre hay que dar explicaciones pero tampoco se puede entender cada vez. Coneja todavía lo tiene tomado del brazo, aún lo mira con ojos acuosos. Él se conduele, está dicho. La tristeza —atractiva, impalpable— se le vuelve inteligible. No así el pozo perturbado del hombre que sigue frente al empapelado, adentro de la casa. Pero no siempre se puede entender, acepta otra vez.

—Entiendo.

Eso es lo que dice en los límites de la península. No quiere decir que entienda lo medular. Apenas que el hombre del sillón está sumido en una guerra que, amén de inexistente, ya está perdida. Y entiende que esa derrota disemina su influjo sobre el resto de la casa: Coneja, el bebé, el esnórquel, el perro ciego, la palangana… Pero ella también habla.

—¿Te puedo pedir un favor? ¿Un favor grande?

Habla Coneja. Peor: pregunta. Un favor, pregunta. Y es como si pasaran las mujeres. Esas que miran, o sostienen la mirada, para que el joven sherpa viejo se sienta poca cosa, casi nada; se mire los tobillos apenas rozados por algas oscuras, allá, en el océano, en las vacaciones, si es que siguen existiendo las vacaciones. Allá donde la tenue corriente que vuelve, la arena húmeda y su aspereza cuentan el regurgitar de la masa oceánica.

El diálogo es asimétrico. El sherpa viejo no dice gran

cosa. Asiente más que nada. Coneja sí se explaya. Le promete que son tres horas, a lo sumo cuatro, entre que va y vuelve de la despensa; le muestra las mamaderas llenas de leche materna sobre las repisas de la heladera, la cacerolita para ponerlas en baño maría; le señala las bolsas de pañales, el cambiador; se deshace en agradecimientos, lagrimea; le advierte sobre la importancia del eructo, elogia las propiedades del óleo calcáreo; le cuenta de dos vecinas, ambas ancianas y medio sordas que eventualmente podrían colaborar en una urgencia; le asegura que va a recibir innumerables bendiciones celestiales por ser tan bueno; le dice que se siente muy avergonzada, repite varias veces que no tiene otra salida pero le jura que va a resolver su situación laboral de un modo más sustentable, que ya va a encontrar la manera; le explica el régimen de licencias por maternidad, vuelve a lagrimear, o a llorar doliente; le aconseja que no se preocupe por el perro, que se las arregla solo, y tampoco por el marido, que sigue petrificado, los codos sobre el regazo, la vista en la pared; le da un beso en la mejilla; dice —de forma retrospectiva— que si sigue así la van a echar del trabajo; y se va, se sube a la bicicleta, se proyecta hacia el mar; deja al sherpa viejo de pie, en medio de la sala, a tres metros del hombre del empapelado y a cuatro del bebé todavía dormido. ¿Por qué era que lloraba Coneja?

Tesis sobre Roma

«Hay un último parlamento de Flavio antes de desaparecer para siempre de la obra y de la historia. Su legado, en cierto modo. Empieza con una orden a Marulo. Le pide que vaya hacia el Capitolio y que, a su paso, despoje a las estatuas de los adornos que celebran el triunfo de Julio César. Marulo, con una cautela repentina, le pregunta: "¿Podemos hacer eso? ¡Estamos en plena Lupercalia!". Su temor se justifica. Existe un impedimento político y, asimismo, religioso para vandalizar las imágenes de Roma. Sin embargo, Flavio contesta: "No importa". Su terror a Julio es tan grande que ya ni a los dioses teme. Va a rematar sus líneas con una metáfora ornitológica. "Estas plumas crecientes que arrancamos a las alas del César lograrán que sea rastrero el vuelo de quien, de otro modo, se remontaría más allá de la vista de los hombres y nos sumiría a todos en la cobardía más servil", va a decir. Pero antes de eso, antes de pronunciar su última palabra, deja una promesa y una súplica: "Yo expulsaré a la plebe de las calles. Debes hacer lo mismo cuando percibas que crece".

¿Por qué Flavio odia tanto a César? ¿O es que odia a la plebe? ¿Y si las únicas opciones de Roma fuesen la ominosa plutocracia y la tiranía centrípeta? ¿Recibirías con vítores, entonces, joven actor del Himalaya, la entrada de las hordas bárbaras, el saqueo y la rapiña?».

Noventa y cuatro

—En cinco minutos llamamos al Campamento Base.

El viejo responde y levanta la vista para corroborar la posición del sol. Pareciera que ese gesto evasivo es todo lo que puede articular, en definitiva, sobre el rol del azar y la topografía en la supervivencia de la especie. Y después patea una roca, que es como patear la montaña toda.

Noventa y cinco

Pasa medio siglo desde la conquista del Everest. Norgay lleva diecisiete años muerto. Hillary, más de un lustro. La cima del monte ha recibido unas cuatro mil visitas en cinco décadas: un promedio de ochenta *cumbres* por año. La madre del mundo pierde exclusividad; se desdibuja la mística –latente o manifiesta– de todo sectarismo.

Yaks

Un día, otro día –decíamos entonces–, un año y una semana después del alud de catorce mil toneladas de hielo y nieve; ese otro día, Nepal es epicentro de un terremoto de 7,8 grados Richter. Mueren ocho mil setecientas personas. Más de nueve millones de nepaleses, un tercio de la población, deben ser asistidos. Medio país queda sin vivienda, agua potable, infraestructura de salud, sin luz, incomunicado...

Ese otro día, mientras se desata la crisis, Nima Chhiring, el sherpa del oído lacrimoso, está en la montaña. Contra su voluntad casi. Después de la avalancha y la huelga se había juramentado no pisar de nuevo el Everest. Pero inmediatamente traicionó esa decisión. Tiene una esposa y dos hijos en edad escolar. Sin casa propia ni otro oficio para entregarle al restrictivo mercado laboral nepalí, el terremoto lo encuentra de nuevo con los crampones en las botas, el piolet en la mano y el arnés en el cinturón. Intenta trabajar. Pero es una temporada dura: pocos turistas se le animan al Himalaya después del alud. Y ahora, para colmo, el sismo... Pero Nima sigue ahí. Casi siempre en el Campamento Base, esperando. O en Darjeeling, con la familia. Viendo en los noticieros cómo tratan de reconstruir Nepal. O, por momentos, cómo se resignan a la catástrofe. La aceptación de la ruina como hipodermis, los escombros como segunda piel. Los meses tardan en irse: abril, junio, septiembre. Hasta que termina la estación de ascensos. No hay nada que hacer en la cordillera. Entonces sí, por fin, Nima vuelve a casa, a la casa que alquila, y le anuncia a su familia que nunca más será guía de montaña. Que se terminó. Que se despide de la giganta.

Nima se retira con la familia al campo. Ahora es pastor. Tiene cinco yaks. Está probando suerte en el negocio de los lácteos.

La verdad: no le está yendo muy bien.

Noventa y siete

Una idea se instala provisionalmente en el sherpa joven. ¿Y si no fuese un accidente? No está pensando en la predestinación sino en el intento de homicidio. Reconstruye la secuencia. Él cerraba el grupo; el viejo iba adelante; el inglés, en medio, a resguardo. Vino la curva, el sherpa viejo dobló. Después fue el inglés y, durante unos segundos, el paisaje se presentó inorgánico, virgen. Recuerda haberse distraído con alguna divagación sobre su futuro académico. Y de inmediato pensó en su madre, que a esa hora estaría almorzando una vianda en la oficina de informes del Ministerio de Turismo. Escuchó un ruido y una voz. Eso lo tiene claro. Un ruido de violencia solapada y una voz que decía algo: una única palabra ininteligible. En ese momento, en ese instante, no creyó que nada urgente estuviese ocurriendo. Siguió caminando. Dos, tres, cinco pasos y el sherpa joven también dobló la curva. El viejo ya se asomaba hacia abajo. A rastras. La mirada era difícil de definir, los músculos de las manos estaban tensos. Pero la escena era sencilla de interpretar: el inglés había caído y el viejo se arrimaba a la pendiente para corroborar su estado.

El sherpa joven recuerda que lo primero que pensó fue: *Él no lo mató*. Aunque ahora, que ha decidido revisarlo todo de nuevo, se pregunta: *¿Por qué pensé eso?* ¿Por qué introducir la posibilidad del asesinato, aunque fuera desde la negatividad? Ahora, que ha resuelto repasar el episodio una vez más, razona: *¿Y si lo mató el viejo?* ¿Hay, acaso, algún modo de saberlo? Y en tal caso, ¿qué función quisiera ocupar él mismo en esa hipótesis? ¿La complicidad o la delación?

Nuestros reyes

¿Por qué no la fronda ubérrima o la sobriedad de la llanura? ¿Por qué la montaña? En la península hay un hombre, entonces. Un hombre sentado en un sillón de dos cuerpos. El mundo le es ajeno. Aunque de repente habla. Y por un instante parece una interacción, un emerger, un exhibir el espiráculo ante las gaviotas para tomar aire. Pero no: es apenas la espuma de un diálogo soterrado, inasequible. El desprendimiento de un asteroide que ya orbita un planeta menor. Se confirma la hipótesis: lo rodean otras palabras. Y hubo una guerra.

Por otro lado hay una mujer pero se ha ido. Tiende al melodrama, trabaja como cajera en una despensa a tres cuadras de la playa. Es, al día de hoy, el único sostén económico del hogar. Tenía a un muchacho, uno que será sherpa en Nepal, tomado de un brazo. Preguntaba si le podía pedir un favor: un favor grande, dijo. Ahora ya no está.

No hay que desestimar un tercer elemento. Hay un bebé. Pocos meses, la criatura. No habla, no camina, su autonomía es insignificante. Para que muera basta hacer nada. Se muere solo. Ahora duerme, pero es dable suponer que cada tanto está despierto.

Los primeros cinco o seis minutos la inmovilidad fue perfecta y decepcionante. El sherpa viejo, el hombre del empapelado, el bebé: nadie rompió el pacto estatuario con Medusa. Uno en la silla plegable, otro en el sillón de dos cuerpos, el tercero en su cuna. Cada uno petrificado por la mirada ausente de la gorgona que ya pedaleaba rumbo a la despensa, hacia el centro de la península. Sin Coneja en la casa, cada uno asumió el quietismo como doctrina; la exclusiva contemplación de la divinidad y todo lo demás, consecuentemente, reducido a la nada.

Pero duraron poco la seclusión y el ascetismo. Las debilidades, ya se sabe. El sherpa viejo varió su posición —una pierna que se cruza, un pie que quiere liberarse del apremio de la ojota— y el resto devino movimiento. Medusa reemplazada por Pandora. El bebé despertó, clamó en su media lengua por la madre, se calentaron mamaderas, juguetes coloridos (¡juguetes luminosos!) fueron tirados al suelo, hubo meriendas de lactantes y eructos y pañales, hubo canciones, se intentó la indiferencia y luego la entrega más servil, hubo un leve vómito blanco, hubo zozobra, cansancio, impotencia y, en el momento menos esperado, una siesta que finalmente fue retomada en la cuna…

Y eso fue sólo la mitad de lo que ocurrió durante las tres horas y veintidós minutos que el sherpa viejo estuvo a cargo de la casa de Coneja.

También hubo un diálogo. La mitad de un diálogo. O menos que eso: se habló. Menos aun: se dijeron cosas. El esposo de Coneja, por ejemplo, dijo varias. Pero fue difícil saber a quién le dirigía la palabra. El sherpa viejo también dijo lo suyo. Y fue imposible determinar si alguien lo escuchaba o si su voz quedaba flotando en un espacio de significaciones estériles. Pero se habló, se dijeron cosas, sí.

Primero fue el hombre del empapelado. Dijo:

—Teníamos reyes; nadie los quería.

El sherpa viejo se interesó. Desde el otro extremo de la sala, preguntó en voz alta:

—¿Qué reyes?

Y amplió el cuestionario sin pronunciar palabra: ¿por qué nadie los quería?, ¿por qué ese repudio tan generalizado? El hombre del sillón no respondió. Pasaron ocho minutos. El sherpa lo dio por perdido. Lidiaba con el bebé sobre la mesa del comedor; lo había acostado arriba del mantel y lo mecía para que se durmiera. Pasaron tres minutos más. El esposo de Coneja habló de nuevo:

—Ellos tampoco…

Y no dijo más. El sherpa viejo hizo un nuevo intento.

—¿Tampoco qué?

El sherpa y su curiosidad: ¿tampoco qué?, ¿tampoco querían a nadie? ¿Tampoco ponían demasiado de sí? ¿Qué? ¿Eran crueles, eran despiadados? No hubo respuesta, claro.

Un armario estaba pintado de amarillo, una manta tenía estampados caballos de calesita. El bebé estaba a punto de dormirse. O eso parecía. El sherpa lo había dejado sobre la cuna, en la habitación. Se sentía bastante orgulloso de su trabajo como niñero. Para ser un principiante, estaba conduciendo la situación con mucha dignidad. Su dedo índice había sido atrapado por la mano del infante, ojos cerrados, respiración sibilante. El sherpa viejo cantaba una canción de cuna. Una canción folklórica, en realidad. Pero la susurraba tanto que había logrado transmutarla en una nana medieval. Cuando llegaba al estribillo, encabalgaba palabras con y griega: *yámbico, yihad, yogur*… Era relajante la artimaña. Una voz lejana lo interrumpió: llegaba desde la sala. La entonación era interrogativa. Las palabras se le habían escapado. Asomó la cabeza. Se disculpó:

—No llegué a escuchar.

—¿Cómo eran nuestros reyes?

La pregunta era clara. Menos definitivo era el destinatario. El hombre del sillón de dos cuerpos seguía con la vista fija en la pared. El sherpa pensó si tenía sentido responder. Eligió hacerlo con una pregunta.

—¿Nuestros reyes?

—Cada familia que perdía un hijo era compensada con un cachorro de destete.

El bebé empezó a llorar desde la cuna.

¿Por qué la montaña? ¿Y la meseta con su ripio árido?, ¿y la mata atlántica, exuberante y salitrosa? Más tarde, una hora y cuarenta minutos después de la partida de Coneja, el bebé dormía otra vez. El hombre con los codos apoyados en sus muslos, la mirada insondable en la pared, dijo:

—No sé de nadie que los haya visto.

El sherpa viejo no respondió. Igual, el hombre del sillón de dos cuerpos tenía más preguntas:

—¿Y dónde vivían? No había un castillo. ¿Qué edad tenían?, ¿eran niños nuestros reyes?

El joven sherpa viejo bostezó.

Hubo otro buen rato de silencio. El bebé seguía durmiendo, el hombre del empapelado callaba. El sherpa viejo se distraía. Imaginó la casa de esas dos ancianas medio sordas a las que debería acudir en caso de crisis doméstica. Las supuso gemelas. E insufribles. Construyó una casa colapsada de quejas seniles que, por saturación, acababan por convertirse en un arrullo sosegado. Terminaba siendo armoniosa la superposición de voces, los aullidos de dos mujeres hipoacúsicas en el ocaso mnémico de su generación. Era, a fin de cuentas, dulce la voz de esas dos mujeres enrostrándose las cosas más horrendas ocurridas en la infancia: no ya la rotura de un juguete o una preferencia paterna, no ya una costumbre odiosa o una actitud beligerante, sino el cuero cabelludo arrancado de cuajo, pequeñas mutilaciones, la evisceración de las mascotas. Le hubiese gustado al sherpa viejo refugiarse en la calidez de esas dos hermanas inseparables, mitades de un mismo fruto maduro, ya más bien pútrido, saturado de sacarosa, propicio para servir de nido a los gusanos, *nursery* para las crías de las moscas.

Todo eso pensaba, o imaginaba, el sherpa viejo, mientras el sol ya había iniciado su descenso hacia poniente y la luz amarillenta le imprimía una cualidad crepuscular a la sala de Coneja… Habló el hombre desde el sillón de dos cuerpos:

—¿Nos querían nuestros reyes?

El sherpa viejo intentó pensar una respuesta. O una ampliación de la pregunta: ¿deseaban esos reyes? ¿Se trataba de un Estado erotizado el de esos monarcas? Pero no dijo nada: en voz muy baja, el hombre completó la penúltima pregunta:

—¿Se interesaban en nosotros?

El sherpa decidió que ya no intentaría conversar con el hombre del empapelado. Pero, un poco por culpa y otro poco por comodidad, se sentó a su lado. El sillón de dos cuerpos quedó completo. Lo sintió mullido, acogedor. El atardecer era un fenómeno agonizante. Las tonalidades pasteles inducían el aletargamiento. La promesa de la nocturnidad recargaba los párpados. El sherpa apoyó la cabeza contra el respaldo. Cerró los ojos. Quiso volver a sus cavilaciones sobre las gemelas sordas que se desplazaban en pantuflas de fieltro por los pasillos de la casa vecina. Terminó pensando en Coneja. ¿Soñaba con ella? No, no puede decirse que estuviera dormido del todo. Por momentos era dueño de orientar con el lóbulo frontal el curso de las imágenes. De a ratos, la ensoñación tenía su autonomía.

El escenario era la despensa. Detrás de la góndola de panificados lo esperaba ella. Agitada, clandestina, excitada por la eventual aparición de un testigo inoportuno entre las bolsas de pan árabe. En la fantasía, el sherpa se mostraba al principio un tanto displicente. Como si toda la situación careciera de interés para él. Esto le permitía ser distante y al mismo tiempo dominador. Una palabra se le instaló en medio de la escena: *clemencia*. Una palabra a todas luces mal utilizada. No había clemencia alguna en la acción. No había nada que perdonar. Pero esa palabra bastaba para acelerar el progreso de la secuencia. Había otra palabra que rondaba la construcción de la escena: *magnánimo*. El sherpa viejo disfrutaba sintiéndose clemente y magnánimo. Imaginaba a Coneja pequeña, asustada, deseante. En cambio, a él todo le daba lo mismo. Lo mismo pegar la vuelta y salir por la puerta del supermercado que desgarrar los muslos de Coneja con los huesos de su cadera. Le daba igual. Pero era magnánimo. Por eso se acercaba en su fantasía hasta el cuerpo de Coneja: él de pie, ella (no quedaba muy claro por qué) sentada en el piso, con sus rodillas recogidas contra el pecho. Y hasta ahí llegaba. Hasta esa proximidad. El resto le daba lo mismo. Por eso, era ella la que, desde el piso, ponía en marcha la kinesis sexual de incorporarse un poco, ponerse de rodillas e ir directo hacia la genitalidad, desabrochando apurada cinturones y cierres relámpago, entre gemidos de ansiedad. Él, nada. Observando desde arriba, como quien condesciende casi con ternura a cumplir el deseo ajeno. Como quien deja que sus hijos jueguen un poco más debajo del temporal, aunque lo tengan estrictamente prohibido. Como quien permite, clemente, que se diviertan un rato antes de ordenarles que entren de inmediato a la casa para, entonces sí, acercarlos al fuego del hogar, secarlos con una toalla y someterlos al más brutal de los castigos físicos.

Lo despertó la voz del hombre del empapelado:

–Nuestros reyes… ¿Figurábamos, aunque más no fuera un rato, en sus pensamientos?

Eso dijo. Y después se fue inclinando despacio hacia la derecha. Una nave escorada por el impacto lateral de un torpedo. Un buque anegado en sus bodegas por el lento fluir del mar hacia sus entrañas. Hasta que apoyó la cabeza sobre el regazo del sherpa. Y se quedó dormido.

Así los encontró Coneja. El bebé en su cuna, en la inconsciencia blanca del sueño neonatal. Su esposo –también él: ojos cerrados, respiración pausada– con la cabeza sobre el muslo izquierdo del sherpa. El perro ciego, moviendo la cola, percutiéndola contra las patas de la mesa del comedor. El propio sherpa viejo, la mirada perdida en el empapelado del muro. Era de noche: las luces estaban apagadas.

Sin hablar, sin ruido casi, ella dejó su mochila sobre la mesa. Se asomó primero al cuarto del bebé. Volvió a la sala. Se arrodilló de modo tal que su cabeza quedara junto a las rodillas del sherpa y acarició el pelo de su esposo. Le dijo algo al oído. El hombre del sillón de dos cuerpos se incorporó sin brusquedades. Era difícil saber si estaba avergonzado, confundido o ajeno a todo. La oscuridad. Ella le tomó una mano y lo llevó hasta el dormitorio. Él se dejó conducir, dócil, un autómata averiado. Un ser de polímeros termoplásticos arrastrando los pies sobre un planeta de gravedad abrumadora. El vía crucis de un mesías de gomaespuma.

Cuando Coneja volvió del dormitorio intentó mostrarse agradecida. Se sentó en el sillón con ánimo conversador. Susurrante, pero con predisposición a la elocuencia. La continuidad de los actos se le presentó al sherpa de manera palmaria y atroz. Charlarían, comerían un queso regional, destaparían un vino, se derretirían los casquetes polares, se perpetraría el adulterio. Ahí mismo: sobre el sillón de dos cuerpos; furtivamente, frente al empapelado.

Del otro lado de la pared, el hijo y el padre del hijo. Durmiendo, apenas inquietos. ¿Y si alguno se despertara? ¿Entendería uno u otro, el padre o el hijo, la semiótica de los sonidos que llegarían desde la sala? ¿El roce, el ritmo, la exhalación contenida? ¿Y los indicios matinales? ¿Decodificaría el padre, o el hijo del padre, el leve desorden, el hundimiento dispar de los almohadones, el ínfimo derrame del vaso de vino sobre la mesa ratona? ¿Y el perro ciego? ¿Qué signo percibiría su olfato hipertrofiado por naturaleza y por adaptabilidad?

El sherpa quiso irse enseguida. Se puso de pie y se acomodó las ojotas. Ya se iba. En línea recta: como se iba cuando pasaban las mujeres que miran o sostienen la mirada. Que pasaban y dejaban el campo arrasado. Se quiso ir rápido el sherpa viejo. Escuchó que Coneja le decía cosas. Primero junto al sillón, después al lado de la mesa del comedor. Por último, bajo el marco de la puerta. Mayormente eran palabras de gratitud, algún ofrecimiento tibio para que pasara la noche en su casa, una mención a las deudas impagables, a la generosidad, a las virtudes de los samaritanos. Pero todo era neblinoso en los oídos del sherpa viejo: ya estaba circundado de nimboestratos, repletos de agua en busca de condensación. Una lluvia violenta que nunca empieza a caer. "El cielo está despejado, mañana va a ser un lindo día para ir a la playa", dijo, o dio a entender, o quizás anheló Coneja.

El sherpa ignoró la previsión meteorológica y se despidió. Empezó a caminar. A una velocidad absurda: *marcha atlética*, le llaman en el olimpismo. Le sorprendió lo fácil que fue ubicar la ruta de regreso al centro de la península. Recordó a los cachorros recién destetados. Se preguntó cuándo, pero sobre todo cómo, fue engendrado el bebé de Coneja. No supo qué pensar. Se sintió incómodo, fuera de lugar. Notó que algo le abultaba el bolsillo del pantalón. Metió la mano. Tres postales: Stonehenge, Teotihuacán, Himalaya.

Al día siguiente interrumpió sus vacaciones.

Noventa y nueve

—Ellos… ¿Por qué no hace algo ahora? Que grite por lo menos.

—¿Nos levantamos?

—Sí.

—¿Y si bajamos nosotros?

—No. Porque si yo me quedo acá…

—Cierto. Mejor no.

—¿Se movió?

—¿Eh?

—Creo que se movió.

—No parece.

—Me pareció.

—El sol pudo ser, un reflejo… ¿Y cuando atardezca?

—En cinco minutos llamamos al Campamento Base.

Cien

Los dos sherpas están, entonces, asomados al abismo. Los cuerpos estirados sobre las rocas, las manos tomadas del canto de un precipicio: esperan. Sus gestos recorren una panoplia de sutilezas que tratan de eludir tanto la culpa del verdugo como la indignación de la víctima.

Nunca llueve sobre el Monte Everest, piensa el sherpa viejo, que no es tan viejo ni propiamente un sherpa. *Dicen que no se dan las condiciones. Nieva directamente*, trata de entender. Pero lo siente como una limitación. Esto de que nunca llueva. A él le gustan los climas variados. Cuanto más variados, mejor. Le gustan las latitudes donde los veranos son agobiantes y los inviernos crudos. Donde a la nevisca le sigue el deshielo, el vórtice del huracán y el bochorno. Sequías y hambrunas, inundaciones y pandemias. Esos lugares le gustan. Las ciudades bíblicas: Nínive, Gomorra, el antiguo Egipto y sus diez plagas extorsivas… Le podría gustar Londres incluso, si el inglés resolviera de una vez dejar todo este asunto atrás, ladear la cabeza y sonreír. Decir algo amable.

El otro sherpa es joven. Ahora cierra los ojos y no piensa en nada. Hasta que aparecen las palabras. Vienen de algún sitio. Sí, ahora se acuerda. Vívidamente. Son los breves parlamentos de Flavio, la prosodia certera de William Shakespeare: "¡Fuera de aquí! ¡Vuelvan a sus casas, gente ociosa!". Entonces se hace una nueva pregunta: *¿Dramaturgo?, ¿por qué no?* Es bueno con las palabras. Sus profesores no se cansan de señalarlo. Nunca escribió una sola escena. No le importa. Ya tendrá oportunidad.

Ahora tiene que concentrarse en lo urgente: en la inmovilidad del inglés. Esa actitud que lo mantiene adherido a la montaña. Quieto. Como si fuese un animal minúsculo que parasita a un colosal ser rocoso… Un animal callado, sin más aspiraciones que escuchar las voces lacónicas de dos sherpas que lo contemplan desde lo alto del monte Everest. Un ser eterno, que agoniza todo el tiempo mientras percibe apenas, allá arriba, el plano abstracto de un cielo sin nubes…

Concentrarse en lo inmediato, sí. Encontrarle un origen, un punto de partida; descartar lo superfluo, remontarse, trajinar tiempo arriba hasta el momento en que vio al viejo doblar la curva, luego al inglés. Y, durante tres segundos, todo fue roca, nieve, atmósfera. Placidez y quietud. Tres, dos, uno… El inglés ya no estaba, el sherpa viejo se arrastraba hasta la cornisa y la escena completa tenía un sesgo irreal e infausto.

El resto era silencio… si es que puede llamarse *silencio* al ruido ensordecedor del viento pasando a través de los filos del Himalaya.

Directora editorial: Carolina Orloff
Editor y coordinador: Samuel McDowell

www.charcopress.com

Para esta edición de *Dos sherpas* se utilizó
papel Munken Premium Crema de 80 gramos.

El texto se compuso en caracteres
Bembo 11.5 e ITC Galliard.

Se terminó de imprimir en el mes de octubre de 2022
en TJ Books, Padstow, Cornwall, PL28 8RW, Reino Unido
usando papel de origen responsable en térmimos
medioambientales y pegamento ecológico.